DISCARDED
BY
Yuma County Library District

HOTEL
— DE LAS —
LETRAS

MÉJICO

ANTONIO ORTUÑO

MÉJICO

OCEANO HOTEL DE LAS LETRAS

YUMA COUNTY
LIBRARY DISTRICT
2951 S. 21st Dr. Yuma, AZ 85364
(928) 782-1871
www.yumalibrary.org

Esta obra literaria se realizó con apoyo del Fondo Nacional para la Cultura y las Artes,
a través del Sistema Nacional de Creadores de Arte.

Este libro se escribió con el apoyo de la Liga de Villanos (LDV).

Edición: Martín Solares
Diseño de portada: Éramos tantos

MÉJICO

© 2015, Antonio Ortuño

Este libro es publicado según acuerdo con Michael Gaeb Literary Agency.

D. R. © 2015, Editorial Océano de México, S.A. de C.V.
Blvd. Manuel Ávila Camacho 76, piso 10
Col. Lomas de Chapultepec
Miguel Hidalgo, C.P. 11000, México, D.F.
Tel. (55) 9178 5100 • info@oceano.com.mx

Primera edición: 2015

ISBN: 978-607-735-743-8

Todos los derechos reservados. Quedan rigurosamente prohibidas,
sin la autorización escrita del editor, bajo las sanciones establecidas
en las leyes, la reproducción parcial o total de esta obra por cualquier
medio o procedimiento, comprendidos la reprografía y el tratamiento
informático, y la distribución de ejemplares de ella mediante
alquiler o préstamo público. ¿Necesitas reproducir una parte
de esta obra? Solicita el permiso en info@cempro.org.mx

Impreso en México / Printed in Mexico

YUMA COUNTY
LIBRARY DISTRICT
2951 S. 21st Dr. Yuma, AZ 85364
(928) 782-1871
www.yumalibrary.org

A Olivia
A Natalia y Julia
A Elisa, mi madre, esta despedida
A los Sahagunes

*Somos viajeros. Nuestros padres están
sepultados a la orilla del camino.*

CORVUS CORAX

Y si no está escrito, lo escribo yo.

EL PERRODIABLO

1

Yo soy mexicano
y a orgullo lo tengo
Nací despreciando
la vida y la muerte

Guadalajara, 1997

A LA SEGUNDA DETONACIÓN SE SUPO MUERTO.
No por herida directa, físicamente imposible pues se había ocultado como un gato bajo la cama de la habitación del fondo, sino porque era evidente que si el Mariachito estaba vivo lo trituraría. Y si no, se encargaría el Concho, ese malencarado súbdito suyo.

Ingratitud: antes de preocuparse por la suerte de Catalina decidió huir y, en pocos segundos, recordó (y así recuperó) el cajón donde guardaba una armónica heredada que no tocó nunca y el pasaporte español, carátula roja y hojas amarillentas, sin estrenar y a punto de vencerse, porque lo que urgía era irse al fin del mundo y hasta decidió desde cuál teléfono público llamaría al ejecutivo del banco –era necesario avisar del viaje para que no le bloquearan la cuenta corriente, se alarmó ya en la primerísima hora de lo que sería su intento de huida.

El dinero de la cuenta, no sobra decir, estaba a su nombre porque Catalina lo escondía para el Mariachito o quizá porque la cantidad atesorada, sin duda excesiva, era algo así como su salario, la contraprestación le llamaría un abogado, que percibía por acostarse con el tipo, y alguna clase de escrúpulo la obligó a desentenderse y ocultarlo bajo la identidad de alguien más.

¿Cómo saberlo? A Catalina le gustaba burlarse de su amante pero no decía más que lo indispensable sobre la naturaleza de sus relaciones. Algo muy turbio debía suceder entre ellos porque cualquier referencia a sus negocios terminaba entre susurros.

La tarjeta del banco era azul, brillante y su propio nombre y firma la decoraban. Aunque el dinero era el menor de los inconvenientes. El más temible sería la cólera del sirviente: ese hijo de puta acechante, siempre listo para escupir un coágulo de saliva, ese malnacido que, sin remedio, iba a romperle el culo, a machacarle el rostro, a joderlo bien jodido por haberse quedado, a la vez, huérfano de patrón y expuesto.

Porque cuando la policía diera con los cuerpos y rebuscara en los archivos de la tienda, el Concho tendría que salir por patas. A menos, claro, que la policía también estuviera en el bisnes del saqueo de trenes. O fuera completamente incapaz de echar luz en el asunto. Que imposible no era.

Se dilataba el silencio. Ni Catalina clamaba por ayuda, como se hubiera esperado si respirara aún, ni el invasor se arrastraba en pos de su escondite. Abandonó al fin la guarida, tembloroso y precariamente vestido; no había sido fácil recolocarse la ropa bajo el camastro, porque estaba desnudo como un filete cuando entró el atacante y Catalina, aterrada, le rogó que se metiera en algún rincón para intentar que su mentira se mantuviera en pie.

Y ahora se sabía cadáver.

Había sucedido, la incursión del Mariachito, a una velocidad que impidió resistencia alguna. Rememoró: se había levantado de la cama para responder el teléfono. El cliente, una voz incierta en la bocina, preguntaba por un paquete y Catalina, apoyado el cuerpo en el quicio de una puerta e interrogada en voz baja y mediante una apresurada serie de ademanes, le mandó decir que lo tenía, que pasara por él a la tienda. El sobre de papel manila, cautivo en el empaque transparente del correo, reposaba aún en la mesa del comedor, junto a la maceta que hospedaba un ridículo minicactus, las llaves del negocio y alguna morralla.

Ni siquiera llegó a preguntar en voz alta por el contenido, aunque se le ocurrió y llegó a responderse que sería, aquel, un asunto de cuidado, porque el cliente llamaba a Catalina dos veces por semana y siempre a deshoras; pero lo que hizo fue caminar a su lado, dejarse abrazar, volver al lecho.

La culpa de que no llegara a enunciar duda alguna la tenía el Mariachito, se dijo, y se animó a nombrar al tipo por su apodo, el nombre despectivo y en clave con que lo identificaban: el Mariachito o el Pinche Gordo, le decía ella y repetía con saña él, porque había sido su culpa caer por la tienda el día que no le tocaba. ¿Para qué llamar y pretextar una reunión en el sindicato si iba a aparecerse luego, como hizo, antes de la medianoche a tumbar la puerta a patadas y escalar a las habitaciones de la dueña, inflamado y acezante, más Otelo que Romeo y más que amante un ogro rabioso?

O quizá sospechaba ya y quiso con ese ardid desenmascararlos.

Era evidente que, al final, no se había creído las historias de ella el tipo y seguía retobando, como desde el primer día, ante la idea de que el chamaquito que ayudaba con la venta de antigüedades y con el que Catalina se trataba tan familiarmente fuera nada más que un primo, al que si le decía «cosita» y «chulo» era por parentesco y porque le llevaba más de veinte años de edad, amor: ni al caso, si es una pinche criatura y su padre era primo de mi mamá. Pero el Mariachito no había llegado a líder de los ferrocarrileros locales y no se había sostenido en la silla a fuerza de dinero y favorcitos nomás por pendejo.

Por otro lado, era innegable que la culpa de su ruina le pertenecía: si hubiera sido menos violento y torpe con Catalina o menos negado, al menos, para comportarse con decoro en la vida, la mesa y la cama, era posible que ella no hubiera terminado por meterse con el sobrinito.

O quizá, pensó Omar, paladeando entonces su propio nombre, cuyas sílabas se le escurrieron al pozo de irrealidad que se abría en lo que, a falta de mejor palabra, llamaba su mente, el horror podría haber sido eludido si él mismo, Omarcito, hubiera sido capaz de salir al mundo tan campante, otra vez, luego de apartarse de todo (un *todo* que podríamos resumir como alcohol y sustancias pero que desagregado sonaba pobre, como cualquier enumeración de vicios aunque uno llegara a destacar en prácticas tan complejas como orinar chicas o meterse rábanos por el trasero); si se hubiera apartado, pues, de esas costumbres que lo habían convertido en un apestado apenas a los diecinueve; si no se hubiera resignado al empleo de mierda en la tienda de antigüedades de Catalina; si hubiera frecuentado mejores personas y pretendido chicas jóvenes y saludables en vez de coquetear con la hija mayor de la prima segunda de su padre (la letanía, absurda a fuerza de repeticiones, lo convencía cada vez de que el lazo sanguíneo era débil y su deseo estaba, por tanto, más o menos a salvo de ser una absoluta cochinada). O quizá todo hubiera podido evitarse de ser el Mariachito menos receloso. Porque, si no la consanguineidad, el abismo de edades debió convencerlo de la coartada: después de todo, Catalina se había casado justo el año en que Omar nació y era feliz divorciada desde que él cursaba la primaria. Pero no hay modo de que las razones pensadas después de un choque lo eviten.

Se arrastró y consiguió incorporarse pese al temblor de piernas. Ganó el pasillo, se metió a la recámara principal con una valentía *post mortem* risible y la esperanza de encontrarlos vivos, o en realidad sólo a ella, aunque ningún ruido fuera ostensible luego de los disparos.

No lo estaban, claro.

Catalina había caído replegada, el pecho roto, los ojos entrecerrados. Derrumbado sobre el vientre de la mujer, el Mariachito lucía incluso peor: la nuca le humeaba y Omar supo intuir que su cara sería una confusión a la que no quiso asomarse. Cómo saber si el arma, olvidada en medio de los dedos de ambos, había sido empuñada y accionada por uno u otro y en el forcejeo se disparó, o si el tipo la abatió a ella primero y, ofuscado por miedo, vergüenza o asco, se asestó un tiro después; o si ella, aunque Omar nunca supo que Catalina poseyera pistola ni llegó a tener siquiera tal sospecha y seguro que era cosa del Mariachito su aparición en escena, le voló a él la cabeza y luego, impresionada o arrepentida, se llevó el cañón a la mitad del pecho y lo accionó.

Putamadre:

En su mente, la voz nasal de Catalina decía: oye, chiquito, qué bueno que te llevaste tus cosas porque el pinche Mariachito pone una cara cuando se encuentra una sudadera tuya o tus tenis; oye, cosita, súbeme el cierre, ¿sí?; oye, mi chulo, un besito, oye; oye, mi chiquito, no te me canses, ¿eh?; oye, súbeme un vaso de agua, ¿quieres?; oye, oye, ¿así te gusta, sí, así despacito?; oye, no me hagas esperar, cochinito, para esperas tengo al Pinche Gordo, ay; oye, oye ¿ahí, cochinito, sí?

El minicactus le arañó la mano cuando metió el paquete del cliente a su mochila. Le dio un manotazo a la maceta, la vio caer y despedazarse contra los mosaicos del suelo.

La náusea lo empujó a la puerta y la calle.

No le quedaba claro a quién llamar. Su madre murió de cáncer años atrás y luego de dos meses del funeral lo hizo su padre, de pura pena y languidez. No tenía hermanos y la mejor parte de sus amigos se le habían apartado cuando pasó lo del Richie.

En treinta meses a la redonda la única mujer con la que había establecido una relación más allá de buenos días y buenas tardes era Catalina y acababa de dejarla en su recámara, reventada bajo la cabeza de su amante (o novio, en realidad, porque el amante, en rigor, era él, aunque en su propia consideración tuviera primacía sobre el Mariachito debido a la tendencia de Catalina de exagerar sus destrezas eróticas para contrastarlas con la crudeza del sindicalista y su voz de miel bronca lo había convencido de ello).

Si la policía fuera capaz de reproducir las técnicas de indagación científica de los shows televisivos, estaba jodido: sus huellas serían localizables por toda la casa y su abundante marca genética habría de ser rastreada en los orificios de la fenecida. Al menos, se dijo, nadie podría asociarlo a la pistola, que no había visto antes ni mucho menos empuñado. A la carcasa del Mariachito tampoco se le acercó un milímetro, pensó con alivio.

Si la policía fuera honesta: tuvo que reírse aunque lo que dibujaron su boca y mejillas fue un espasmo. La policía era capaz de muchas cosas pero ninguna podía ser llamada científica, salvo que el concepto de ciencia fuera aquel que permite someter y atormentar personas y bestias con la finalidad de comprobar las virtudes de alaciado de un champú. Decir la honesta policía era decir el caritativo verdugo, el impecable asesino, el buen destripador.

La noche anterior Catalina le pidió quedarse, ¿dormimos aquí, chulo? La llamada del Pinche Gordo funcionó, tal como se esperaba, de anzuelo y ellos, necios, se engancharon. Hacía semanas que vivían en tirantez perpetua y pasar la noche juntos le pareció a Omar un oasis.

Primero fueron a la cama; el plan era cenar y mirar la televisión pero, sobre todo, conversar. Catalina machacó el punto porque a medida que los celos del Mariachito aumentaron sus diálogos desaparecieron e incluso la cháchara en las horas de trabajo se hizo esporádica, inconexa, muy diferente del parloteo que los acercó desde el primer día que Omar puso el pie en la tienda. Iban a hablar, pues, pero apenas se habían destrenzado el uno del otro cuando el teléfono los separó y luego hizo su entrada el animal, la bestia bramadora, a los gritos: ¡Dónde lo tienes, hija de tu puerca madre!

Desnudos y acobardados corrieron en direcciones opuestas: Catalina a la escalera, para bloquearla; Omar, obedeciéndole las postreras instrucciones, en busca de una ruta que lo llevara hacia los escalones de servicio y la salida lateral, ya en la planta baja.

Pero los berridos recios, teatrales, lo hicieron cagarse encima: ¡Cabrona puta mierda hija de tu rechingada madre eres una puta puta puta de mierda cabrona! Y prefirió deslizarse bajo la cama del cuartito del fondo y encogerse como un caracol, uno de esos que viven bajo una piedra y tiemblan cuando su escondite es levantado sobre sus cabezas.

¡Puta mil veces puta!, mientras Omar se ponía un calcetín y se contoneaba para meterse en sus propios calzones. Jamás pensó en socorrerla o intervenir, sino en escaparse, y le inquietaba más que el Concho estuviera esperándolo fuera, un gargajo en la punta de la lengua y los puños listos para estamparse en su cara, a que el Mariachito le cayera a golpes a la mujer. A *su* mujer. Porque Catalina sería su jefa y la prima segunda de su padre pero antes que nada era suya: boca, piernas y guarida.

A cada grito más confundido consiguió cubrirse pero no desentumir sus miembros apencados lo suficiente como para salir a su defensa. No lo pensó siquiera. Dio por sentado que ella, fuerte, imperiosa, lograría erguirse, aun culpable, y detener al búfalo que amagaba con destruirla.

Pero el valor nunca ha parado las olas o las tormentas y así fue que sonaron los disparos: huecos y finales. Catalina fue arrastrada y muerta mientras Omar, pusilánime, se torcía bajo la cama. La charla se quedó en promesa.

Salió por la puerta lateral sacudido por arcadas, la boca antes exhausta de arremeter contra el cuerpo de ella sabiéndole ahora a vómito, las manos lacias como madejas de cabello. Se congratuló, egoísta en aquella hora de sangre, por haber sacado sus cosas de allí días antes, cuando las sospechas del Mariachito rebasaron el cauce y la acusó por vez primera de andarse cogiendo al pinche muchachito de la tienda, al que ahora le fallaban las piernas y para el que cada paso era un esfuerzo comparable al del braceo en altamar.

Todavía, al alejarse por la avenida, miró una sombra apresurarse hacia la puerta del negocio.

Volvió a saberse muerto.

No podía ser, el intruso, nadie más que el Concho, mayordomo, valet y sombra del invasor: concurrió tarde para salvar al Pinche Gordo pero a tiempo como para, apenas dado un vistazo a los cuerpos ya tiesos, precipitarse a la ventana, reconocer a Omar en la silueta que desaparecía calle abajo y luego, con pasos adoloridos, desandar el camino y detenerse cabizbajo ante los cadáveres.

Y arrodillarse, rezar, llenarse de sangre las rodillas y la boca de una saliva turbia que escupió, maculando el rostro de la muerta, pero ya no importaba.

Ya no.

La entrada a su propio departamento, cercano, alquilado, casi indigente, le provocó a Omar un acceso de escalofríos, aunque sus pertenencias guardaban el orden esperado: incluso el bulto que compuso Catalina con las cosas que debió sacar de su casa (y que sacó) seguía quieto, en el mismo lugar en que lo había depositado, y comenzaba a acumular polvo.

Encendió la luz, alcanzó el retrete y orinó copiosamente antes de cimbrarse y expeler el recubrimiento del tracto digestivo (hebras de carne rosa en mitad del líquido traslúcido de los jugos estomacales) sobre la tapa del mueble y sus pies, pecho y alrededores, arrodillado lo mismo que su némesis, el Concho, el vasallo del Pinche Gordo, quien, a muchas calles de distancia, concluía las plegarias fúnebres y se persignaba con mano firme y deliberación espantosa.

Tenía el Concho la cara en paz pero deformada por una cicatriz bajo el ojo izquierdo. El bigote recortado y los pómulos afeitados le daban una apariencia pulcra, aristocrática. Mientras Omar se reponía del vómito y, llamada por llamada, agencia por agencia de viajes, buscaba un avión que lo sacara del país, el Concho se puso en pie y concedió otra mirada a los cuerpos quietos, perforados.

Se guardó la pistola en el bolsillo luego de limpiarla con el pañuelo. Resopló, cansado con anticipación por la tarea en la que estaba a punto de empeñarse, y se puso en movimiento. En pocos minutos limpió la recámara e introdujo los cuerpos en unas bolsas de dormir que extrajo de la cajuela del automóvil –estacionado en un principio de cualquier modo junto a la puerta pero acomodado ahora con mimo, como para no llamar la atención de una hipotética patrulla o un vecino inquieto por los tiros o los gritos.

Depositó al Mariachito, con reverencia, en el vasto asiento trasero; a Catalina la arrojó a la cajuela sin mayor ceremonia.

Omar constató con pánico que al pasaporte español le quedaban sólo seis meses de vigencia.

Marcó el número de una, dos, tres agencias más. No encontró asiento en ningún vuelo a Madrid.

Una playa de Veracruz, 1946

Al abrir los ojos tuvo que ver al gordo. Enrojecido por el sol salía de las aguas, chorreante como un Neptuno, una capa de pelo cano, hirsuto, recubriéndole el cuerpo y afeándole brazos y espalda. El calzón de baño negro no lograba contenerle el blando animal del abdomen. Lo escoltaban dos muchachas sonrientes; el gordo les hacía afirmaciones tajantes, inaudibles a la distancia: las muchachas aplaudían. El día en la playa era cálido y ventoso, ideal para los bañistas. Infernal.

—¡Pero si ahí está el rey del exilio! –gruñó María y lanzó al gordo la mirada más rencorosa de su arsenal–. ¡El hijo de puta! ¿Lo ves, Yago? Nuestro rey. ¡Míralo!

Yago debió contorsionarse, arrastrándose sobre la pierna medio inútil y seca, para obedecer a su esposa. Miró a don Indalecio Prieto, honorable presidente de la Junta de Ayuda a los Republicanos Españoles, con el tibio asombro de quien ve materializarse un retrato del periódico. Le pareció más hinchado que en los últimos cromos que había visto de él, mucho tiempo atrás, en un *ABC*.

—Y qué importa.

Volvió a recostarse y ocultó el rostro en la toalla. Prefería mirar las piernas de su esposa o el cielo antes que el vientre invencible de don Indalecio. O, mejor: mirar nada, pensar nada, escuchar el redoble de olas grasientas y dormir al sol.

Los niños se habían fijado en el gordo, quien, ahora, ponía los brazos en jarras e infligía algún bondadoso reclamo a sus acompañantes. Lo señalaron. María les ordenó que regresaran a la sombra del toldo: les estaba prohibido acercarse al agua hasta que no hubieran pasado tres horas desde el desayuno y el decreto tenía apenas veinte minutos de promulgado.

—Deberías ir –sugirió ella–. Dile algo. *In-vén-ta-le*, Yago. Dile que eres gente de Franco y verás que se caga... Dile que su Junta de mierda no hizo nada por nadie, que no ha sido para darnos una puta lata de leche –la rabia le detuvo la voz.

Y una mierda de Franco, quiso replicar Yago. La pereza lo contuvo. No le hablaría a don Indalecio. Para qué. Pero tampoco dormiría: María no iba a permitirlo. Se talló el rostro contra la toalla alquilada y se puso de pie con dificultad. La cojera, siempre la cojera. Se encimó la camisa y el sombrero de paja que había comprado la mañana anterior al llegar a Veracruz.

—A caminar –les dijo a los niños.

María se recostó en la toalla, crispada estatua, y estiró las piernas. Los dejó ir.

Sus piernas, pensó Yago. Por sus piernas nos jodieron los fascistas de mierda y los comunistas de mierda, los franceses hijos de puta y los tipos del barco, todos los locos en España, Santo Domingo y Méjico. Por ellas, el hambre y la metralla que me arruinó. Pero, quizá, de no ser por sus piernas habría sucedido algo peor y estaría muerto, sepultado bajo dos metros de jodida tierra. Allí está, echada, como Helena de Troya: el cuerpo tibio por el que hui de la guerra.

Yago tomó a la niña del hombro y se apoyó en ella a modo de bastón. Al niño lo dejó trotar por delante, como un perrito que paseara. Era domingo y decenas de bañistas habían desnudado sus cuerpos al sol. Carnes en exhibición, sí, pero con el recato propio de la moral mejicana.

Debieron esquivarlos en un zigzag cansino, secuela de la maldita cojera, porque los niños querían acercarse al agua. Pero permitir que se mojaran los pies significaba alejarse de la mirada de María o enfrentar su ira. La playa estaba abarrotada, sucia, el olor a pescado revolvía el estómago. A Yago no le gustaba el mar ni sabía nadar. La última vez que había tenido el agua hasta el cuello fue en mitad de una escapatoria. Una más. El agua le traía mala suerte. Siempre. Mala suerte, pésima.

Tardó en reconocer al tipo.

Yacía a la sombra de un toldo, camisa de manga corta, como exigía el protocolo del sol, pantalones de calle y zapatos. Fumaba y lo miraba sin comodidad. Y sin pausa. Rubio y mal rasurado, con el aire rapaz de siempre, Benjamín Lara jugueteaba con una pistola, armado incluso en aquella improbable playa de Veracruz.

Yago alcanzó toscamente a los niños y los retuvo. Fue una torpeza: ellos notaron su temor y se alarmaron. Lara se puso en pie con cansancio. Se guardó la pistola en los pantalones con alguna flema, como quien se enfunda el miembro luego de orinar. Yago jaló a los niños hacia su espalda, las piernas bien abiertas para evitar que algo repentino los atacara. Como si pudiera, el cojito, protegerlos de lo que fuera.

—Qué tal.

Lara increpaba con la mirada. Los ojos limpios. La quijada en reposo. Un vestigio de labios, otro de barba en las mejillas.

—Y tú eres el que cuida a Prieto o qué. ¿No estás ya con los comunistas? —respondió él.

Lara inclinó la cabeza para asentir y luego se encogió de hombros. Había estado con mucha gente antes y estaría con mucha más, declaró. A unas docenas de pasos, Indalecio Prieto, el honorable presidente de la Junta de Ayuda a Republicanos Españoles, saludaba a una pareja de veracruzanos sonrientes, mofletudos como él, rodeados todos por unos españolitos asilados, escuálidos y mugrosos.

—¿Y qué sabes de tu hermano, dime? —Lara dejó que el cigarro le colgara del labio inferior con el aire canalla que procuraba.

—Nada. ¿Tú?

Por respuesta, un bufido que había que entender como risa.

—Y qué coño voy a saber. Que se robó el oro que llevábamos a Barcelona y que, si llegamos a verlo, le metemos dos tiros.

—Ya. Pues eso sé yo.

Yago entendió que los niños comenzarían a asustarse de verdad si prolongaba el encuentro. Los hizo caminar y se acercó a la vez a Lara, sosteniéndole la mirada para que no tuviera tiempo de fijarse en ellos.

—Lo saludo, si lo veo.

—Claro. Y a la parienta, recuerdos, ¿eh?

Las sombras alargadas en la arena: espadas entrecruzadas.

Yago arreó a los niños y se alejó. Caminaría unos metros y luego giraría en redondo para buscar a la María. Mejor irse antes de que su enemigo se desembarazara del honorable don Indalecio y tratara de seguirlos. Lo urgente era dejar atrás al tipo, su silueta armada. Pero había vuelto a la sombra. Ni siquiera se esforzó en cazarlos con la vista. No había que ser un genio para averiguar que sonreía.

Un pájaro, pequeño y desplumado, cruzó el cielo y se posó en mitad de la playa. Yago se afanó en desandar el camino. La cojera, la pierna demasiado lenta para defender a nadie. A unos pasos de la María se atrevió a observar a los niños: cuatro ojos redondos le devolvieron la mirada.

—Es Lara. El de Madrid —la niña ya tenía edad suficiente para recordar la historia, mil veces referida.

María los esperaba, de pie. Había empacado las cosas y devuelto las toallas a la caseta, lista para la escapatoria. Su mirada era aguda, decididamente.

LA RECORDABA: OLOR A JABÓN Y UN PAR DE MUSLOS en los que se había mecido en la infancia durante alguna comida familiar. Era, Catalina, de mayor estatura que el común de las mujeres de la ciudad y para fingir modestia decía pesar diez kilos más de los que hubiera querido pero se notaba en su risa que se gustaba así. Tenía la piel tostada, pesados los senos y una cadera que entallaba en pantalones y faldas benefactoras.

Era, sin menoscabo de la coquetería, severa con los hombres. Se había divorciado del marido por problemas que la madre de Omar calificaba de serios y que sólo años después comprendería él que debían definirse en términos médicos como impotencia y vulgar esterilidad. Y sí, confirmó Catalina luego de que le diera empleo, en la charla habitual de las tardes en las que nadie asomaba por la tienda: el marido no era capaz de dejarla embarazada ni aunque se le llegara a parar, cosa poco frecuente (era, el hombre, un burguesito de medio pelo más dado a la busca y captura de floreros viejos que a los goces venéreos).

Pero ella nunca temió, a diferencia de sus contemporáneas,

quedarse sola: había heredado la tienda de antigüedades y la cartera de clientes de su padre y tampoco faltaban candidatos para ocupar el puesto que el pitoflojo del marido dejó vacante. Y que vacante quedó, porque Catalina no volvió a casarse aunque la lista de novios o amantes alcanzara para alborotar las veladas de esas tías que, a lo largo de los años, se sentaron a tomar café y replicar rumores. Claro: cuando pasó de los cuarenta y las tías se empacharon lo suficiente del tema o se distanciaron tanto de la fuente de los murmullos que ya no podían renovarlos con hechos frescos, dejaron de prestarle atención.

Las andanzas de los sobrinos habían conseguido copar los primeros puestos de la ansiedad familiar. Vaya: Patricia, la mayorcita de los Cárdenas Rojo, se embarazó sin casarse y eso que no era bonita y se vestía como hombre, repiqueteaban las tías; y peor: a Luis Carlos, el segundo de los Rojo Díaz, lo vieron besándose en el cine con un marica (la familia del otro chico, cosa curiosa, decía lo mismo, que a su chamaco lo vieron manosearse con un puto); y, bueno, abreviemos: a Omar, el huerfanito de los Rojo Almansa, a quienes el resto seguía llamando *los pinches gachupines*, lo encontraron sin sentido, una mañana, en el departamento en que su amigo el Richie había decidido meterse una sobredosis de pastillas.

El organismo de Omar o su mala fortuna fueron tales que se despertó a la segunda sacudida de los paramédicos que ingresaron al lugar por una ventana, prevenidos por el vecino: el amigo, al parecer, había pegado de alaridos y despedazado la cristalería antes de caer fulminado pero Omar, entregado a ensueños químicos, ni se enteró.

El Richie: sus padres y novia y sobre todo sus amigos, que eran también los de Omar, lo culparon. Si no se hubiera quedado así, decían, tirado como un pendejo y sin reacción alguna, si tan sólo hubiera saltado a inyectarle adrenalina, hacerle el boca a boca o llamar a la ambulancia media hora antes... De nada sirvió que a los pocos que quisieron escucharlo les confesara Omar que Richie quería morir, que ideas definitivas y perniciosas lo asaltaban por las noches y por ello decidió darse en la madre antes de comenzar a robarse huevos de los nidos, perros de las cocheras y niños de la escuela para, tal como se lo mandaban en sueños, arrancarles el pellejo a tiras y morderles con la boca roja las tripas y el corazón.

Richie: alto, flaco, listo como un conejo y a todas luces perfecto, era el mejor alumno de su generación. Omar, en cambio, era flojo y chaparro. Nadie le creyó un carajo, ni siquiera cuando descubrieron las libretas de Richie, sus rayajos de orate y esas frases que les quitaron el color de la cara a sus parientes y que ellos, cívicos, prefirieron incinerar.

Omar terminó los estudios con calificaciones decentes pero los compañeros le dejaron claro que, luego de lo que pasó, era preferible que ni siquiera se parara por la graduación. Hizo caso del reclamo. Se encerró por semanas en el departamento en que vivía desde la muerte de sus padres. Asomaba a la superficie terrestre sólo cuando salía al supermercado, a la caída del sol, para comprar un garrafón de vodka y otro con jugo de naranja.

La mezcla, su sabor dulzón y contundente, le era familiar. Aquella noche, la del crimen, se preparó una buena dosis y le pegó un buche. Lo abofeteó la realidad: Catalina estaba muerta, en brazos del cadáver del Mariachito, y el Concho vendría por él para unirlo a tiros a esa línea de conga que bailaba, sin prisa ni pausa, la danza macabra.

No le pareció buena solución correr a California o Canadá, como solían hacer los prófugos de la ciudad. Los ferrocarrileros, colegas del muerto y su sayón, tenían decenas de oficinas y contactos allá, llegados de la mano de los migrantes. Mejor otro camino. Pero sus cartas eran pocas y mal dadas. Una sola, en realidad: el pasaporte español, herencia de una madre tercamente orgullosa de su nacionalidad –aunque los de su sangre hubieran sido anarquistas a los que jamás se les habría ocurrido colgar una banderita en la ventana.

Omar no recordaba al abuelo ni a la abuela, guapa y ceñuda y que murió demasiado joven, tanto como su madre y por la misma enfermedad. Al tío había dejado de verlo desde que se fue a Saltillo, y no volvió a tener noticia suya aunque su madre solía darle algún saludo de su parte cuando se acercaba la Navidad. Pero llevaba años muerta y el lazo se secó.

Ni siquiera le quedaba el consuelo de recurrir a la gente de su padre, los Rojo, alteños nacidos en una serie de poblados con nombre de santo que se complacían en citar como seguidilla cada vez que se reunían a comer (San Ignacio Cerro

Gordo-San Julián-San Diego de Alejandría-San Juan de los Lagos-San Miguel el Alto) y que, como el Mariachito, siempre recelaron de su relación con Catalina. Su madre nunca se entendió con los Rojo y su propio padre, demasiado apegado a ella para vivir más de unos meses cuando el cáncer la arrebató, sufrió en silencio el apodo de *pinches gachupines* que la parentela les obsequió por la costumbre de la esposa de traer a cuento su origen ibérico al primer bocado de las comidas.

Ahora, sin embargo, a Omar le sacudió el espinazo la idea de poner su suerte a prueba y esconderse allá. En España le quedaba al menos un pariente, recordó: Juanita, nacida en Bogotá y nieta del tío de su madre que se exilió en Colombia (dicho así, el nexo sonaba tan cercano como el que lo unía con Catalina, pero era un lazo y mejor ese que ninguno). Juanita, que llevaba una tienda de libros viejos en Madrid, era una librera experta en tramitar asuntos en aduanas y Omar la había puesto en contacto con Catalina cuando, años atrás, apareció un cliente que deseaba tasar unas ediciones mexicanas del Quijote (dos libros impresos en 1833 por el mismísimo don Mariano Arévalo, rarezas en el mercado europeo que les hicieron ganarse unos buenos pesos).

Quizá había cruzado sólo un correo y dos o tres llamadas con la prima. No sería sabio, pensó Omar, aparecérsele un día en el negocio y confesarle que huía de la ira de un loco. Pero tampoco podía imaginar que el tío se alegrara de verlo por Saltillo y esa puta ciudad estaba a una hora en avión, al alcance de cualquiera, la habitaban más ferrocarrileros que perros pululaban por sus calles y no encontraría en ella ninguna clase de seguridad.

España era un tema que nunca le ocupó la mente más allá del gusto por unos platillos, ciertas palabras y algunas cancioncitas: las mínimas señas de identidad inculcadas por su madre. Cuando era obvio que la enfermedad la doblaría, ella estableció que sus cenizas fueran esparcidas en el Parque del Retiro, deseo que Omar no se sintió particularmente tentado a obedecer luego de que su padre muriera sin ratificarlo. La vasija con las reliquias entremezcladas de ambos reposaba aún, luego de los años, encima del televisor, opacada por el cochambre que suele vencer al metal en casas de limpieza escasa y Omar la miró con nostalgia.

Al menos, se dijo al revisar por décima vez el pasaporte rojo, conservaba la costumbre de apoyar a la selección de futbol española apenas un poco menos de lo que se sentía obligado a apoyar a la mexicana. Se desinfló otro poco: en aquellos años ninguno de los dos combinados podía presumir demasiadas tardes de gloria. Del fondo de una gaveta extrajo una playera, réplica de la que España utilizó en el mundial mexicano del ochenta y seis. Ninguno de los recuerdos asociados con ella le parecía triunfal. Era, por si fuera poco, una prenda ridícula que había dejado de quedarle años antes.

Volvió a llamar a las agencias, luego de convencerse de que podía permitir que las fechas de vuelo se ampliaran (el asunto lo aterraba, porque significaría ocultarse diez o doce días más). Nada: no había vuelos directos, todos pasaban por la capital, y el verano era mala época, los aviones estaban repletos, las listas de espera resultaban infranqueables, los precios se disparaban.

Recordó una fotografía con la que había topado en el periódico días antes: unos independentistas catalanes habían rayoneado un anuncio con forma de toro en una carretera cerca de Barcelona con la leyenda «Puta Espanya».

A este paso, pensó, a la península no van a ir ni las cenizas de mi puta madre.

Madrid, 1923

LES DIVERTÍA ESCUCHAR AL VIEJO. DESPOTRICABA toda la tarde, si nadie lo interrumpía, contra el rey, los nobles, los señoritos, la policía, los profesores, los aristócratas y grandes burgueses y esas esposas suyas que olían con devoción a perfume y adulterio –eso decía. Pero no iban a verlo a él, por más que les convidara café con leche y hasta pan si es que lo había en su mesa y los adoctrinara por horas sobre la dignidad de los desheredados o algún otro tema igualmente apropiado para la siesta. Iban porque les gustaba María, la nieta, escurriéndose por entre mesas preñadas de octavillas y sillas invadidas de periódicos, morena y suave, para escuchar las barbaridades revoltosas de su abuelo. Por verla soportaban el olor a polvo y botica y la humedad del piso.

Ramón, el viejo, editaba un pasquín llamado *Prensa Obrera*, y se negaba a recibir el título de *don* que le atribuían de vez en vez las visitas casuales, familiares o del sindicato. Decía que, bien visto, era una afrenta, un prefijo para distinguir a vanidosos y pobres diablos. Nadie le decía *don* a los héroes de Ramón: ni a los Gracos ni a Kropotkin ni a Javier Mina (el navarro que luchó en balde por independizar a Méjico de la corona española) ni a Petrus Borel. Y eso bastaba.

Aquella tarde se empeñaba en explicarles el infinito mecanismo de los impuestos. Benjamín, el rubio, lo miraba con fijeza equívoca, como si durmiera con los ojos abiertos. Yago, flaco y hambriento, distraía el tedio mascando un tarugo de pan ablandado por el café.

—Así que los señoritos del gobierno se quedan con los duros y se sientan en ellos. Y los empollan hasta que son tantos que no hay más remedio que robárselos.

Ramón tosió una, seis veces, y acabó por escupir un trozo de pulmón en una bacinica colocada ex profeso a sus pies (Yago juraría que cayó con un sonido metálico, como el de una moneda). Se caló las gafas y leyó terca y vacilantemente, traduciendo del francés, un fragmento de la correspondencia de Bakunin donde se distinguía al abuso como seña de nacimiento de todo gobierno concebible. Ramón leía tan mal el francés que daba la impresión de inventar sobre la marcha y atribuir en realidad sus pensamientos a su prócer.

La tarde enfriaba, silenciosa, las balconadas del edificio. Los padres de Benjamín no habían vuelto de la carnicería donde se buscaban la vida. A veces regalaban a Yago unas tripas para el caldo. Se había acostumbrado a distinguir sus pasos en la escalera. La María, la nieta, no había asomado por el saloncito.

—Los nobles, los jodidos nobles, es como si estuvieran exentos de pagar. Dan lo que les pega la gana y cuando desean. Tienen a sus generales y gendarmes de mierda para defenderlos.

Yago no tenía más que sueño, hambre, hartazgo de no ver a la chica. Benjamín, zalamero, obtuvo otro mendrugo haciendo que el viejo hablara de la guerra. A Ramón lo excitaba reventar contra la leva de Marruecos y la ineptitud de los generales, que dejaban a los reclutas indemnes ante la ira de los moros. Desorbitaba los ojos y lanzaba al aire las manos, engarrotándolas o desplegándolas como banderolas.

—Si es que yo entiendo a los moros, a ver. ¿Quién va a aguantar que estos miserables le gobiernen? A mí lo que me indigna es que manden a chicos pobres, porque son pobres solamente, a que los maten como pulgas. Que me digan si hay un solo señorito en el tercio de Marruecos. Con la tropa, ninguno.

Una de las garras alcanzó la cabeza de Yago y la hizo girar hacia el rostro apenado del viejo.

—Que se llevaran a tu hermano y tu primo ha sido la ignominia, Yago. Vosotros no podéis pagarle a otro por ir y os joden, os joden como al resto.

La puerta se abrió. Y al fin asomó la María, auxiliadora, y a Ramón se le agotó el discurso en los labios, arrinconado por la sonrisa. En el aire quedó el resto de la letanía acostumbrada, que no ignoraba la muerte de los padres de Yago, su asilamiento en casa de la tía Luz y el resto de los quejidos y lamentos por la marcha al tercio de León y Guillermo.

El viejo no sabía que a los chicos no los había arrastrado la leva, sino que habían ido por propio pie a enrolarse, incluso contra la voluntad de la tía, para escabullirse de la ciudad luego de la muerte del señorito Andrés. Pero Yago no aspiraba a explicarse. Prefería mascar lo que restaba de pan y tener la boca vacía para el momento en que, tras pasar antes por las aduanas del abuelo y Benjamín, la María llegara a su lado y lo saludara con un par de besos. Pero ella no se acercó.

—Abuelo, le mandan unos asuntos.

Se abrió la pequeña capa y mostró un atadillo de papeles. El viejo asintió con la cabeza y le indicó que los guardara. La chica se metió tras una puerta y regresó luego, ya sin capa. Se encaramó a la mesa y besó al viejo en ambas mejillas. Miró, luego, a Benjamín y a Yago con un gesto indiscernible y se marchó.

—Me ha gustado la cosa del viejo contra los impuestos –confesó Benjamín más tarde, en la escalera. Esperaban sentados, inmóviles en el frío, que los padres regresaran del trabajo.

—Para dormir, será.

—De verdad. El viejo es listo. Como mi padre. Nadie le dice cuentos de Marruecos a mi padre. Cuando se llevaron a tu hermano y tu primo, dijo: «Ésos no regresan. Se han jodido».

—Benjamín.

—Qué.

—Eso que sube y huele a mierda ¿son tus padres?

Vestían de blanco sucio, olían a carne pasada y sudor. La mujer, ancha y baja, había enfermado durante meses cuando nació Benjamín y no volvió a concebir. Lo agradecía públicamente. Su marido era un tipo alargado, cerúleo. Benjamín le atribuía toda clase de ideas agudas pero Yago jamás lo oyó decir una palabra más profunda que las buenas noches.

—A cenar, chicos. Trajimos sesos para los buñuelos.

La grasa estaba rancia y el piso entero fue ocupado por su olor amargo. El padre de Benjamín se lavó las manos y la cara y se cubrió con un camisón, desteñido y aflojado por el uso, cuando el frío le escoció el pecho y los hombros. La madre se sentó a la mesa igual de guarra que como había llegado. Los buñuelos, desde luego, estaban infames.

—¿Y qué sabes de tu hermano? –preguntó la mujer en mitad de la cena.

—Ha tenido carta pero no la abre todavía –se entrometió Benjamín.

—No será nada. Habrían venido los militares si hubiera pasado algo –lo consoló la madre.

Yago masticó en silencio la pasta del buñuelo, que al ser mordida le ofrecía al paladar la masa aún más viscosa de los sesos. Pensaba: estoy mordiendo una cabeza. La de Benjamín, del padre y la madre de Benjamín, la cabeza del viejo, la cabeza de la María. Estoy mordiendo.

—Chico, no te pongas así. No será nada –insistió la mujer.

Comenzó a llover. La escalera crujía.

—Vamos a ver esa carta, anda –dijo Benjamín.

—La tía no me deja a estas horas. Te cuento luego.

Subió los escalones con lenta deliberación, obligándose a que fuera sólo uno por paso. Abrió la puerta del piso de la tía, que nunca echaba llave. La encontró dormida en el sofá, el tejido sobre las piernas, la estufa cobijándole el sueño. Decidió dejarla allí.

Entró a su recámara y se desvistió en la oscuridad. No sabía dónde estaba el quinqué. Tampoco quería luz. Se echó sobre la cama con los ojos abiertos. No abrió la carta esa noche.

Querido Yago:

L EÓN ESTÁ BIEN. TE LO DIGO DESDE AHORA PARA
ahorrarte el susto. Tiene una herida fea en el brazo
pero la curamos con cal y no ha sufrido de fiebres ni
siquiera una noche. Ya sabes que es más duro de trato que
una mula, tu hermano.

Hemos pasado unos días jodidos pero ahora tenemos provisiones y vino suficientes. El agua ya no es problema porque enviamos a unos moros bien escoltados a traerla –así les evitamos la tentación de envenenarla. Les damos las zapatillas o los puñales de los que vamos matando a cambio y con eso se dan por servidos.

Creo que las cosas van a ponerse un poco menos jodidas ahora y es gracias a tu hermano. Él no quería que te dijera nada y debo escribir estas líneas en mi hora franca, o cuando está en el torreón o duerme, para no molestarle. Hace un momento he tenido que esconder la carta porque sentía aproximarse su sombra.

Pues bien: es gracias a tu hermano que seguimos vivos. Cuando el hijo de puta del capitán Ernestito nos destinó a este fortín sabía que nos enviaba a morir. Te lo he dicho en mi carta pasada. Teníamos pocas esperanzas. Los anteriores y los anteriores a ellos y otros habían amanecido con el cuello cortado y hubo que traer una pieza de artillería para echar a los moros de las cercanías y recobrar los cuerpos.

Nadie sabía por qué. Te digo que el fuerte está en lo alto de una colina rocosa, de espaldas a un abismo que te cagas. Hay siempre centinelas en el portón, incluso uno invisible desde fuera, y todos armados. Así que sabrás el miedo que se nos metía al ver que amanecieran muertos, con la puerta cerrada, el café evaporado y el cazo quemándose al fuego.

Ernestito no nos quiere, te lo he dicho también. Es un señorito de muy mala uva, hijo y nieto de otros Ernestitos tan señoritos como él. Detesta a los soldados. Se pasa la vida tan campante en su trono del cuartel, rodeado de putas y con un vaso de vino a mano.

Nos tomó rabia desde que llegamos y nos destinó a la limpieza de retretes sin apenas habernos visto marchar. Esperamos más de un mes para que nos dieran armas y cuando lo hicieron fue para mandarnos a un jodido blocao, en mitad de dos colinas llenas de moros que no nos jodieron por milagro.

He sabido de sobrevivientes de blocaos a los que condecoran o a los que, al menos, les dan un buen trago cuando regresan al campamento. Pero a Ernestito le fastidió tanto vernos volver (y mira que perdimos a dos chicos en el blocao y al amigo Del Val casi hubo que coserle la mano) que se decidió a lo peor. Y nos envió a este fortín de mierda, que vigila la entrada a una cañada y es como un blocao grande entre el abismo y el camino de piedras que lleva al terreno de los moros.

La primera mañana ya fue de escamarse. Todavía estaban ahí las manchas de sangre en suelos y paredes, aunque habían retirado los cuerpos. Mientras los del grupo se instalaban, salimos a caminar, rifle al hombro y cara de hijos de puta para ver si asustábamos a los moros.

Les cantábamos aquello de:

En el monte Gurugú, una morita decía:
«Vale más un legionario que toda la morería.
Caballero legionario, ven a romperme este virgo,
porque Regulares cuatro, han intentado y no han podido».

Había unas cabañas cercanas y los naturales, viejos desdentados y niños casposos, nos miraban como si les hiciéramos gracia. A esa gente no hay modo de preguntarle nada ni queríamos tampoco darles confianzas. Lo divertido, Yago, es que se supone que nuestro trabajo es cuidar la cañada y a estos tíos, que lo que quieren es que nos larguemos o que sus compañeros nos maten.

Le compramos un odre de un aguardiente traslúcido como agua, al que llaman «mahia», a un moro que estaba por allí, supusimos que vendiéndoles las decenas de ovejas que lo rodeaban a sus hermanos de las cabañas. El tío nos miró con un gesto de asco que arruinó lo que nos sobraba de ánimo. «Este jodido nos corta el cuello en un minuto», le dije a tu hermano. Pero él hizo notar que el pastor, bajo esa especie de faldones de cura que usaba, estaba cojo. Cuando quiso caminar lo hizo apoyándose en un palo. Al menos ese no podría degollarnos como corderos sin que nos enterásemos.

Al principio tuvimos alguna paz. Los días eran un abuso de calor y las noches largas y podridamente frías, pero no vimos ni oímos nada, aparte de algún perro aullándole a las estrellas. Yo distraía la guardia en el torreón, con tu hermano, y para alentarlo un poco le repetía nuestras historias de Madrid. Era aquella la hora de salir del teatro e irse detrás de las señoritas y yo hablaba más de ligas y escotes que de balas y cuchillos.

«A veces creo que Ernestito sabe por qué nos fuimos de Madrid, sabe que reventamos al señorito Andrés y por eso nos jode de esta forma», le decía para pincharlo, cuando me parecía que pasaba demasiado tiempo con la vista clavada en el abismo bajo la torre o en el cuerpo negro del desierto.

Al cuarto día, por la mañana, reapareció el pastor en la puerta del blocao. Nos regaló un cordero precioso, gordo y lanudo como un querubín. También insistió en vendernos un tonel de «mahia» pero León receló de lo bajo del precio (algunos moros muy religiosos no beben nada y enfurecen contra quien lo hace, por lo que el aguardiente a veces es costoso) y no lo aceptamos. El moro hacía muecas y aspavientos pero no lo entendíamos ni él a nosotros. Sus camaradas trajeron de las cabañas a un niño que hablaba el castellano y le pedimos que interpretara.

«Quiere darles la bebida. El Profeta nos prohíbe beber. Él se lo da barato. O se lo regala.»

«Dile que nos quedamos el cordero. Pero de lo otro nada, nada.»

«¿Nada?»

«Sólo el cordero.»

Tardamos buena parte de la mañana en convencer al tipo de que no beberíamos su mierda transparente (la hacen con higos, es dulce y se amarra al gañote como un gato) y nos daba lo mismo que la tirara si es que no pensaba embuchársela. Al fin, ya con el sol bien alto, el moro se largó, dejándonos el cordero. El niño y unos hombres se llevaron el tonel y lo vaciaron en una zanja delante de las cabañas. Sería un alcohol demasiado extraño para nuestras lenguas, quizá, pero lo vi escurrirse con boca envidiosa.

Esa noche gozamos de un festín como hacía meses que no teníamos. Nos hartamos de comer. Fuimos, lo sé ahora, imprudentes. La mayoría nos quedamos dormidos después de fumarnos la provisión de tabaco de una semana, estómago alegre y ánimo apacentado. Pero León, lo sabes, es un quisquilloso. Pidió su plato de cordero tan rebosante como el que más pero subió a comérselo al torreón. Yo lo dejé ir, me acomodé en el jergón y, sin importar un pimiento la guardia que me correspondía, me dormí. Creo que a todos nos sucedió más o menos lo mismo.

Amanecía cuando escuchamos los tiros. Algunos vestidos y otros a medio cubrir subimos a los muros. Hubo que disparar al aire para dispersar un contingente de moros, salidos de sabrá el cielo dónde, que se habían reunido en la puerta misma del fortín. Los que no se largaron de inmediato gritaban cosas que no entendíamos y los acallábamos a tiros. Varios cayeron. En mitad del barullo corrí al torreón: recordé que no había sabido nada de León desde que se marchó a cenar con el plato en las manos.

Estaba herido, vendándose el brazo con los jirones de una camisa. A sus pies, tendido, un moro joven. Muerto.

«Éste era», dijo tu hermano.

«Le diste bien.»

«Sí. En el vientre y la cabeza.»

Dispersamos al resto y nos reunimos ante el cuerpo del invasor. Entendimos que así era como habían conseguido matar en silencio a los anteriores y los anteriores a ellos: el morito escalaba por el precipicio, saltaba el muro con un cuchillo en las manos y degollaba a los centinelas, embotados por el asado de cordero y el «mahia», seguramente adulterado con hierbas o alguna brujería de esa clase. Luego abría la puerta y sus hermanos liquidaban al resto. Me sacudí, te lo juro, al revisar el cadáver del moro. León, tal como había proclamado, le había disparado en el estómago y luego, piadoso, lo había rematado con un tiro en la cabeza. Uno para que sufriera y otro para que dejara de sufrir. Justo como al señorito Andrés, en Madrid. Atendimos a tu hermano de inmediato y lo obligamos a fumarse un cigarro. Te juro que está bien. Es de piedra más dura de lo que ya imaginaba.

Por la mañana vino el moro de los corderos. Vestía de negro y vociferaba como un animal. El niño de las cabañas nos interpretó sus alaridos.

«Dice que quiere el cuerpo de su hijo. Si vosotros estáis vivos, él debe estar muerto.»

Un par de los nuestros le apuntaron a la cabeza pero León los detuvo.

«Dénselo», dijo en voz baja.

Como el oficial a cargo era un niñato cobarde y como ninguno se atrevía a levantarle la voz a tu hermano, acabamos por obedecer. Del Val y yo sacamos el cuerpo envuelto en una cobija y lo depositamos a los pies del moro.

«Quiere ver al que mató a su hijo.»

Empujé al niño y le di un cachete para que se callara pero el viejo vociferó de nuevo la exigencia en su lengua, doliente y feroz. Tu hermano asomó a la muralla.

«Yo fui.»

El niño musitó al oído del moro.

«Quiere saber tu nombre.»

Éramos monigotes que miraban con temor a los hombres que se retaban desde el cielo y el abismo.

«León Almansa.»

Me atraganté al oírlo. En Madrid, los amigos del señorito Andrés habrían pagado en oro su peso (que, hemos de decir, no era poco) por saber el lugar donde se encontraba el asesino.

El viejo se puso lívido. Levantó la cara, orgulloso.

«Él te desea la paz.»

Tu hermano se le quedó mirando en silencio, inclinó la cabeza y se fue sin un gesto. Y ya. Eso es. Ahora estamos tranquilos y los moros también. Ya no les causamos gracia y rara vez asoman por aquí. Por lo pronto, te dejo un abrazo. Escríbeme y cuéntame cómo te trata mi madre y cómo va la vida sin nosotros en Madrid.

Tu primo,
GUILLERMO ALMANSA

Guadalajara, 1997

LOS PUNTOS CARDINALES DE SU HISPANIDAD ERAN recuerdos apelmazados, imprecisos, que para nadie más significaban nada y eran escuchados, si acaso, con resignación y bostezo por un público siempre horrible, conformado por la Humanidad entera, para la cual eran irrelevantes o estúpidos.

La playera. En el mundial de futbol de 1986, su madre lo metió a un automóvil y lo llevó al estadio donde Brasil y España jugarían un partido. Pávido, su padre no se atrevió a escoltarlos y pretextó una colitis inoportuna que, aunque no lo supo, desataría otros horrores. El resto de los mexicanos concentrados en las tribunas (Omar hasta ese momento se tomaba por parte de ellos pero aquel día supo que, según las circunstancias, la nacionalidad no era un paraguas sino una alucinación) deseaban, fervientes, la victoria de Brasil. Al grupito de españoles y al todavía menor de vástagos suyos concentrados detrás de una portería les arrojaron orines, les recordaron la Conquista y les gritaron barbaridades violentas y sexuales con rostros desencajados y profusión de zetas entreveradas en posiciones imposibles: «¡*Coño, tíoz, que oz han metido la vergaz!*».

El asiento que debió ser ocupado por su padre terminó en posesión de un sujeto alto, de bigotito recortado, que acurrucó bajo su impermeable a la madre de Omar para que la cascada de meados nacionales no la infamara. Omar terminó el juego con la espalda empapada y un dolor en el paladar provocado, a la vez, por el odio a sus compatriotas y el espanto ante la actitud mimosa de su madre con el cabrón del bigotito.

El partido fue desastroso. A España le anularon un gol legal y a Brasil le concedieron otro en fuera de juego. Ni siquiera por esa desgracia de sello tan mexicano, porque el suyo era un país de victorias opacadas que devenían derrotas, hubo la menor empatía hacia su caso: sólo algarabía y aullidos. Camino al automóvil, a su madre le agarraron las nalgas y el hombre de bigotito, heroico y osado como el Cid campeador, acabó a los golpes con unos muchachitos con los cachetes pintados de verdeamarelho.

Omar lloró en el regreso; su madre, sonrojada por haberse visto defendida y galaneada, tardó veinte calles en darse cuenta y pensó que era por la derrota.

Ser mexicano sin serlo *del todo* y, claro, vivir bajo el reproche de no serlo era el curioso destino de la prole de los migrantes en su país. México, campeón mundial en producción de exiliados, era, al tiempo, un lugar de autoritaria ineptitud para comprender la condición del hijo de migrantes: para un mexicano, todo el que no se entusiasmara con los guisos típicos y mostrara indiferencia ante las fobias y

pasiones nativas (amor por cierta música más o menos espantosa, odio por ciertos países más o menos antipáticos,
que podían incluso ser el del origen de la familia de la víctima) se convertía irreversiblemente en un alucinado, en un
impostor, en un *mamón*.

Su identidad mixta era considerada ridícula de antemano
(especialmente si hablaba un español más o menos comprensible), era considerada falseada, producto de un esnobismo
injustificable. Después de todo, ¿quién no querría ser ciento por ciento mexicano? ¿Quién podría osar no serlo? La
mexicana era una tribu de identidad tan imperial como las
palomillas de secundarianos: «Te has de sentir muy gachupín, pinche *mamón*»; «Has de ser muy madrileño, pinche
mamón». Pero cualquier indicio posterior de mexicanidad
en el acento, el paladar o el oído, por más que resultara natural, era tomado como una confesión, como la caída de un
antifaz: «¿No que muy gachupín? Ya te vi tragando tacos».
Sin petulancia ninguna, humildita como la hizo Dios, la
identidad mexicana no se ofrecía como un matasello de civilización −como la francesa−, sino apenas como una marca de fuego que debía ser compartida en los lomos por todas
las reses de la República, la quisieran o no. Mexicanos al
grito de guerra y si los descendientes de extranjeros no eran
adulones, que se callaran. Después de todo, un extranjero
era sólo un mexicano en etapa de negación.

Un chasquido, un ritmo. Una descarga. Electricidad. Una
cabriola interrumpida por la frontera de las sábanas. Alguien desde arriba, Dios quizá, pensaría en una convulsión
pero se trataba de una danza. Las manos sacudidas y vacías

reclamaban el mástil de una guitarra. La cabeza inclinándose arriba y abajo, en realidad hacia un lado y otro por la postura horizontal del cuerpo en el camastro. No una cama: un camastro. Un revoltijo de mantas puercas y tablones fuera de lugar, un colchón tan raído y faroleado de semen (no todo lo que Omar secretaba se perdió en el interior de Catalina) que hasta un perro de la calle, con todo y la sarna, habría dudado en pegar un brinco y treparse.

Omar recordaba e imaginaba: una música estruendosa, terminal, en su cerebro, lo animaba a sobrevivir, a lanzarse sobre la garganta del enemigo y desgarrarla. A defenderse como cucaracha o rata, mediante el peligro y el asco. Una melodía repetitiva, rijosa, un himno para la batalla. Luego se puso en pie y el efecto se esfumó lo mismo que se evaporaban las imágenes de lujuria una vez alcanzado el desfogue y oxidado el colchón.

Estaba, claro, cagado de miedo.

El Concho era una bestia amenazante que, herida por la muerte de su padrino o lo que el Mariachito hubiera sido para él, se mostraría, sin dudarlo, en toda su maldad. El estómago se le derretía del miedo a Omar, se le inflaba como un globito y le rebotaba por dentro entre bolsas de aire, dándoles descargas de pánico a su paladar, sus encías, su tráquea. Le dolían las mandíbulas del puto miedo. Tenía tan contraídas las tripas que habría costado separarles las paredes unas de otras, justo como las de ese globito: el plástico mascado y pegado sobre sí mismo, inflado en partes y adherido fatalmente en otras.

No consiguió el boleto que le asegurara la huida. Había perdido tres días rebuscando en agencias sin cerrar la compra. Luego le cortaron el teléfono porque no se atrevió a salir a la calle y pagarlo y porque ignoraba cabalmente el método para hacerlo desde casa. Cuántas veces quiso Catalina, que sólo por obra del afecto que llegó a tenerle perdonaba sus ineptitudes, enseñarlo a hacer pagos desde el mismo teléfono o al menos comprender los mecanismos básicos que los gobernaban. Pero Omar nunca fue capaz de domeñar tales habilidades y sus labores se circunscribieron a la manualidad: cargar bultos de un lado a otro, limpiar las piezas exhibidas en los escaparates y las mesitas de luz, tomar por las caderas a Catalina y encaramarla a un saliente.

Su pasaporte español, siempre inútil y en el cajoncito, estaba a punto de vencerse. El mexicano no existía: nunca consideró importante sacarlo. Ponerse a los trámites en este momento, además de absurdo, le daría al Concho la oportunidad que necesitaba para alcanzarlo, arrancarle la piel de la cara y comérsela. (En México esas cosas no eran metáforas. Si alguien te decía que iba a meterte una pala mecánica por el culo y a cenarse tu hígado con cebollitas caramelizadas, más valía que le creyeras y procuraras sacarle los ojos y servirle su lóbulo frontal a los buitres antes de que cumpliera.)

Omar metió la cara en el agua caldeada y aceitosa de un balde. El agua corriente estaba restringida por la empresa pública, también por falta de pago, y había que dejar que el hilito de líquido manara de la llave durante horas para contar con una reserva para el retrete y la higiene. Ya se bañaría en un hotel o regadera accesible cuando consiguiera un lugar apropiado para reubicarse, se dijo, con temor de que la previsión se quedara en deseo.

Su rostro enrojecido por la fricción de las manos era una colección de desastres: algunos pelos de las cejas escapaban de la curvatura natural y le daban aspecto de gato erizado; tenía barros por decenas en torno a las fosas nasales, puntos negros que alardeaban la falta de limpieza de los últimos días. Las sombras de las ojeras abismaban su expresión y unos churretes amarillentos deshonraban sus mejillas. Por si fuera poco, un vello largo y curvo como una cimitarra le sobresalía de la nariz. Se lo arrancó de un tirón y sintió que se le contraían los testículos. Una lágrima le regó la mejilla. Otra. Puto vello de mierda.

En ese momento escuchó saltar la cerradura de la chapa de su cuartito, retorciéndose bajo el asalto de una ganzúa.

Se supo muerto otra vez.

El Concho, claro.

Era él.

Y tenía nombre e historia, tristemente.

Nadie es un apodo, nadie puede ser reducido a unas pocas líneas esenciales sin ser transfigurado en monigote.

Ni siquiera el Concho.

La ganzúa aprendió a usarla de niño, en el pueblo. Era de San Tomasito, un manchón de casas en el valle de Etzatlán, a una hora o así de Guadalajara (el «así» lo ponía la carretera: pedregosa, rota por el riego de los cultivos de caña y el peso de los camiones que la transportaban al ingenio de Tala y más bien vergonzosa, podía convertirse en una muralla que evitara el paso a la ciudad). Como sucedía con la mitad de sus vecinos, su padre había sido un cabrón y un cobarde y su madre devino puta.

Él se largó a Estados Unidos. Ella comenzó a trabajar en el ingenio y acostarse con los cañeros a cambio de dinero o comida. No era bella ni contaba con los principales anzuelos con que solían sus colegas del bar atraerse a los tipos: de pocas curvas, ancha de torso, el contacto con los hombres, incluso con aquellos pocos que no la aplastaban y jaloneaban al echársele encima, la incordiaba. Esas pieles de lija, sudorosas, esos cuerpos fofos pero nervudos, repletos de grasa, le provocaban náuseas.

Era un chiquero el pueblo. Tres calles de asfalto, cinco de piedra y treinta zanjas culeras, polvorientas en invierno y húmedas como la mucosa de un monstruo en calores. Todas pobladas por casitas asimétricas de ladrillo, lámina y cartón, deslucidas y sólidas, rematadas en los tejados por antenas de televisión, a veces potentísimas, que servían para bajar del satélite las novelas, el futbol, los noticieros falsarios de costumbre.

La madre del Concho había sido abandonada por su hombre, un mozo de ferrocarriles sin talento, y hacía de ello tantos años que pocos recordaban el perfil simiesco del tipo y las madrizas de precisión científica que le acomodaba a su mujer. No era noticia porque las zanjas del pueblo hirvieron siempre de esa clase de relaciones: las personas vivaqueaban como espermatozoides bajo el microscopio y terminaban enredadas en asuntos que colindaban o se sumergían de lleno en los territorios de la nota roja. No todos, sin embargo, se comportaban como salvajes.

Los vecinos del Concho tenían cinco niños y, aunque ella barría casas ajenas y él limpiaba la banqueta alrededor de un puesto de tacos frente a la plaza, a sus vástagos no le faltaban zapatos ni pan. Por eso el Concho creció embriagado de odio por esos niños, que iban a la escuela, se bañaban a jicarazos y comían pollo con mole en Navidad. Su madre no los odiaba menos y su modo de llevar a campo el aborrecimiento fue el acoso perpetuo del vecino, ante quien exhibió tetas y nalgas por años, como por descuido, con la esperanza de terminar en su petate.

Fracasó. El vecino era un tipo con el cuero curtido en la sal de los años y nunca dio un paso en falso. Hubo alivio en su familia cuando la madre del Concho debió vender la casa y largarse con su hijo a una covacha rentada cerca de los límites del cerro, impregnada de un olor a chivas y mierda que era ni más ni menos que el de la derrota.

Su empleo en el ingenio, como limpiadora de pasillos y bagazos, le exigía salir de su alojamiento al amanecer; sus actividades paralelas en las cantinas del centro (tres en total, a cual más desvencijadas) la mantenían allí hasta la medianoche. Más de alguna vez, agotada, terminaba por dormirse en el catre donde atendía a la clientela en la trastienda de La Rosita, la menos higiénica de todas. Aquello le dio al Concho la oportunidad de vivir una infancia campirana, libre porque no había escuela que lo recibiera ni casa que limpiar, repleta de aire puro (apenas maculado por el estiércol de las cabras), agua del manantial bebida en las rocas, amaneceres, atardeceres y un hambre inextinguible. Una infancia de sueño, pues.

Se acostumbró a subir por las mañanas al cerro para comerse los guamúchiles y frutos silvestres que pudiera encontrar (linda definición, «fruto silvestre», para algo espinoso y grosero como una tuna) y, al verlo solo, flaquito, los pastores y los cinco o seis ejidatarios que aún no habían vendido o se habían largado a Minesota a trabajar como peones se habituaron a intercambiarle tortillas por carne. Lo violaron varias veces, primero, entre las matas, amenazándolo con piedras afiladas y azadones de cultivo, con los machetes con que tajaban las hierbas o las simples manos. Luego, cuando a fuerza de jalarlo de los pelos y arrastrarlo al suelo se fue perdiendo el elemento de sorpresa y transgresión, terminaron por compadecerse y comenzaron a alimentarlo y a regalarle sorpresitas: algún caramelo, algún dulce de leche. El muchacho era pequeñito pero la comida lo fue convirtiendo en un lechón apetecible para relaciones sosegadas, *gourmet*, entre los maizales y las peñas. Así se acostumbró el Concho a chupar y lamer y cerrar los ojos y no sentir más que hambre o hartura.

Su madre debió enterarse, nada permanece a oscuras en un pueblo de zanjas, pero no se sabe que entrara en crisis o llamara a las trabajadoras sociales de cualquiera de las perezosas instituciones de la zona. Quizá consideró que su hijo, entonces de doce años, no era sino un colega; también debió percatarse de que sus ganancias rivalizaban. El que cobró conciencia, con el tiempo, de que esa vida no duraría para siempre fue el Concho (entonces, curioso es anotarlo, no escupía nunca, porque lo habían entrenado para tragarse todo y hasta el fondo). Ideas de escapatoria lo rondaban sin anidar en su cabeza. Alguien más decidió por él. Una mañana, el compadre de uno de sus amigos se impacientó ante su propia falta de reacción –o erección– ante los lameteos del muchacho y le metió una paliza como pocas veces se vio en el cerro. Le pegó con los puños cerrados en el estómago y la cara, lo pateó con unas botas puntiagudas de plástico que imitaba la piel de una culebra y terminó penetrándolo con un elote y masturbándose sobre su cuerpo flojo, medio desnudo y sanguinolento, que apenas retenía el aire. Ni así, en soledad, consiguió excitarse el compadre.

Al Concho lo descubrieron, casi exánime, unas mujeres que habían subido a buscar chivas descarriadas; su violador se limitó a subirse los pantalones y echar a correr.

Las damas (su preocupación por la salud del muchacho las hace merecedoras del título) atendieron su cuerpo lo mejor que supieron y mandaron al pueblo a buscar hombres que lo bajaran del cerro para que lo viera un doctor. Al calor histérico del mediodía, en una camilla improvisada con troncos y chamarras, la cara acosada por bichos y cuajada de sangre y tierra, el Concho cruzó San Tomasito. Alguien sugirió llevarlo a Guadalajara pero ni siquiera se tomaron la molestia de escucharlo: avanzaron como el cortejo de un santo y se apersonaron en el centro de salud local.

El médico de guardia (quien desempeñaba a la vez los cargos de director, administrador, auxiliar contable, internista, especialista y paramédico) almorzaba. Se le veía, a través de la ventana y birote en mano, acomodado ante un partido en el televisor. Las enfermeras miraron al niño inconsciente como quien examina un trozo de carne en la congeladora. Accedieron a tomarle signos vitales y temperatura y le pidieron a una de las mujeres que lavara el cuerpo si es que esperaban que el médico accediera a revisarlo. Así de puerco ni quien lo vea, dijo la más gorda de las dos.

El partido se fue a tiempos extra (eran las finales del torneo) y el médico tardó otra hora en aparecerse por la sala de urgencias. El séquito se había disuelto y sólo dos mujeres montaban guardia al lado de las enfermeras, que ya para entonces se hurgaban los dientes con palillos de madera para retirar los trozos de comida atorados durante su propio almuerzo (la carne deshebrada es particularmente rejega a salir). Una recordó, de pronto, que se decía que el padre del chamaco era ferrocarrilero. Salió, con el pretexto de fumar, y les fue con el chisme a los trabajadores de la conexión de tren que conducía hacia el ingenio cañero.

Los tipos no eran ferrocarrileros sino empleados de una compañía de transporte pero, impresionados por la imagen mental del elote sangriento entre las nalgas de la víctima, se comunicaron con la oficina de la estación de carga, que estaría a una hora en automóvil.

Nadie sabía el apellido del niño y la llamada fue poco más que una larga confusión, aderezada por la incredulidad y risas del tipo que respondió y la incomodidad del que llamaba, que terminó por limitarse a declarar que eso que tan chistoso se le hacía a su contraparte era un puto crimen, se correspondía ni más ni menos con que lo que le estaban contando y no sabía más.

El Concho despertó por la noche, sedado con exceso por el médico, que lo revisó con horror por su propia negligencia ya cerca de las cuatro, y conectado a una serie de catéteres, cables y tubos. Grave como un mandarín, su madre miraba el televisor de la sala de urgencias.

No se dijeron nada, no hubo caricias o disculpas. Ella no preguntó cómo estaba el hijo, porque le habían asegurado que se encontraba fuera de peligro y él no le hizo reproches ni con la mirada ni con el hocico rajado y pastoso.

Por la mañana aparecieron dos enchamarrados que se identificaron como ferrocarrileros. Venían por noticias. Los mandaba el mero líder, desde Guadalajara, porque la historia (que le contaron como una anécdota olvidable y pendejísima) le había calado.

El Mariachito era, entonces, un recién llegado al poder gremial, un animal envejecido en la servidumbre que había alcanzado la silla porque a los jefes de la central obrera les pareció incapaz de desafiar ni a su puta madre y los ferrocarrileros habían sido históricamente belicosos y cabrones. Pero no había ya más trenes que los cargueros operados por empresas externas: se habían terminado los de pasajeros y con ellos el poder subversivo del sindicato. Fueron a la calle casi todos; los que tuvieron suerte y contactos se jubilaron, los demás migraron a los taxis o la venta de piratería en los cruceros; algunos adelantados se pasaron a la conducción de autobuses. El Mariachito era, pues, regente de un reino sin poder pero conservaba un par de cuentas bancarias y decenas de edificios, bodegas, despachos. Activos, los llamaba el inventario que debía firmar cada año.

Instaló su oficina en los altos de la cancha deportiva del sindicato, un bodegón en donde algunas nulidades fingían jugar al basquetbol para tener permiso de embriagarse hasta el amanecer sin que les reprocharan la ilegalidad de su horario y la falta de permisos municipales. No tenía cinco meses en el cargo y ya estaba saqueando las instalaciones y vendiendo, a la discreta, equipos, herramientas y hasta las sillas de la recepción para que aquella fuente reseca le diera beneficio.

Cuando le vinieron con el cuento del hijo de ferrocarrilero atacado en el cerro, se encontraba en ese punto de la embriaguez en que los sentidos parecen aguzados y alguien con poder, incluso uno tan relativo como el suyo, experimenta el peso de la corona y la sensación de que debe hacer justicia.

Mandó que se lo trajeran y aseguró que el sindicato cargaría con los gastos. Asentó que ningún ranchero hijo de puta iba a tocar al chamaco de un ferrocarrilero y mandó también que le buscaran al culpable, aunque hubieran de ir a traerlo de Minesota o donde se hubiera escondido –sobra decir que nadie cumplió el decreto y el criminal quedó por siempre impune.

Calló, eso sí, su propia tarde negra, su propia tarde de pantalones bajados y el aspecto de toro de su padre: colorado, espeso y potente. De eso no habló nunca, ni siquiera con el Concho. Ni siquiera con él mismo. El mundo lo supo, solamente, porque en alguna tórrida noche, en mitad de los transportes del placer, se lo confesó a Catalina («Te voy a coger como me cogió mi padre»). Ella no se llevó el secreto al inframundo: en otra velada tórrida lo susurró al oído de Omarcito.

A él no le pareció excitante y le mordió la boca para hacerla callar.

La madre del Concho lo vio irse, o ser llevado, sin pena, quizá aliviada de que el cabrón del padre, así fuera por omisión y casi en plan de Espíritu Santo, sirviera para algo alguna vez. Se quedó allí, en su casita de lámina en el borde más horrendo del pueblo, rodeada de cabras, poseída sin placer ni ganancia, resignada al grado de no condolerse por sí misma, al grado de envidiar, de un modo suave pero no amoroso, la fortuna del hijo que pudo largarse.

En Guadalajara, el Concho recibió alimentos, curaciones, una cama en la bodega del sindicato y la cercanía del Mariachito, quien lo quiso apenas mirarlo la primera mañana. Así, arisco y roto, recluido en el catre que unos personeros le echaron al fondo del cuartito construido encima de la canasta sur, creció.

El Mariachito no tuvo un perro antes y no supo que así lo adquiría. Porque ni conversaba con él ni aleccionaba al chamaco, sino que le daba juguetes, comida y miradas, y lo volvía mascota. Y pasaba por alto la costumbre del Concho, que entonces no se llamaba así ni se llamó nunca de ese modo, salvo en las charlas interminables de Omarcito y Catalina, que preferían decirle así antes que «Chepe», su verdadero mote público, de quedarse por las noches amistándose con los borrachos del basquetbol.

Porque los procuraba y se entregaba a ellos aprovechándose del estado de sopor y euforia en que los sumía la acumulación de cervezas, risotadas y canciones norteñas.

Era, esas noches, un ser obsequioso y zalamero: una ternura.

En Veracruz y en la carretera a Méjico, 1946

L A POSADA DONDE DECIDIERON ALOJARSE PARA PASAR sus primeras vacaciones mejicanas era una ruina. Estrecho y crujiente, el corredor que conducía a la recámara era una pasarela de arañas, pulgas y ratas. Hacían juego los marcos de las puertas, carcomidos por la polilla, y las sábanas raídas. Sobre la cama principal, blanda y rechinante, reposaba la marca de suciedad de un crucifijo. María lo había descolgado apenas llegaron y lo recluyó en el cajón de la coqueta, bajo el espejo. Se molestó ante la persistencia de la sombra en la pared pero cuando una voluntariosa friega con jabón no logró desaparecerla renunció a tomar otras medidas.

—Los rojos, siempre persiguiendo la cruz —le dijo Yago, mirando la mancha invicta. Ella le dio un puñetazo en el hombro. Rieron entre susurros para no despertar a los niños. Esperaron todavía una hora antes de tocarse.

La segunda noche, luego del encuentro con Benjamín Lara en la playa, no se tocaron. La cercanía de Lara los oprimía pero el autobús no saldría sino al amanecer. Se recostaron en silencio, vestidos y con las maletas listas. El mar golpeaba la costa y lejanas músicas y gritos anunciaban festines borrachos, alegres. Quizá don Indalecio Prieto sería el invitado de honor de alguno de ellos y Lara merodearía por allí, pistola en mano, custodiándolo. Esperándolos.

Salieron de madrugada, los niños envueltos en abrigos. Se empeñaron en avanzar hacia el paradero de autobuses por calles laterales y lodosas. Yago trastabillaba con las maletas, torciéndose a cada paso, mientras María arreaba a los pequeños. En el único café abierto que encontraron –un ebrio dormitaba sobre la barra, rodeado de moscas– compraron pan.

Dieron con el autobús. Sólo dos mujeres cargadas de bultos, que quizá habían pasado la noche en el paradero, los anticipaban. Pagaron los boletos a una taquillera adormilada y abordaron. Se arrastraron a la parte trasera del autobús y se agazaparon en sus asientos en plena oscuridad. Más pasajeros aparecieron: hombres con maletas estropeadas, una familia con niños pequeños y canijos como los suyos. Otra docena de miserables.

El conductor del autobús decidió apagar su cigarrillo y subió. Se persignó, la cabeza gacha y temblorosa la espalda. Comenzó a rezar en voz apenas audible. Oró a la virgen, al Sagrado Corazón de Jesús del Buen Camino, a varios santos de aparentes talentos automovilísticos y a otros de habilidades mecánicas a prueba de toda duda. Se alzó al fin y comenzó a manipular llaves y palancas. El autobús se puso en marcha.

Desde la ventana Yago pudo ver a un hombre embozado que permanecía en el rincón más lóbrego del paradero, recargado contra el muro de la taquilla. Cuando el camión se puso en marcha el sujeto se descubrió para encender un cigarrillo.

Brillante el rostro al fuego del mechero, Benjamín Lara fumaba. Yago no lo sabía pero a unos metros, su viejo amigo tenía estacionado el automóvil y en el maletero llevaba una metralleta bien abastecida y dos granadas. Unos regalitos para los paisanos, vaya. Así los pensaba él. Dejó que se fueran. Ya los alcanzaría.

No se lo dijo a su esposa sino cuando llevaban una hora de viaje. Con la mirada clavada en un precipicio de la Sierra Madre Oriental —los niños se habían acercado a la ventanilla, observando con deleite la cantidad de metros que el autobús viajaría hacia la destrucción si los frenos fallaban— Yago le confesó a la María su última visión de Veracruz: el enemigo, agazapado.

Ella se encolerizó.

—¿Cómo vamos a esquivar a ese hijo de puta si no me dices que lo llevamos pegado al culo?

Hablaba entre dientes, sin sonido. Los niños no parecían darse cuenta de que escupía ponzoña a treinta centímetros de sus cabezas. Las aletas de la nariz se le abrían a María al enfurecer, como para dejar salir las vaharadas de azufre.

Yago se lio un cigarrillo pero fue incapaz de encenderlo. Del otro lado del costillar de precipicios que era la sierra se abrían valles verdes y brumosos que ninguna mano parecía haber trabajado jamás. Se concentró en la niebla y dejó pasar cada una de las injurias que la María le dirigió hasta que los niños se aburrieron del paisaje y regresaron a sus asientos. Pidieron una nueva ración de pan y la devoraron. Habría que comprarles más cuando el autobús se detuviera para repostar combustible.

Yago sintió el cuerpo de su mujer evitar el suyo cada minuto del trayecto. La niña se durmió en sus rodillas y el niño recargado contra su brazo. La María se dedicó a perder la vista a través de la ventanilla. Ya con el sol en alto, el autobús paró en una estación de servicio. Junto a las bombas de combustible se levantaba un figón. Bajaron a comer, sólo ellos, mientras el conductor estiraba las piernas.

En el restaurante no había otros clientes. Les dieron un café dulzón. Yago hizo venir al camarero y lo interrogó sobre los ingredientes de cada uno de los cinco platillos que la cocinera se sentía capaz de preparar. Pidió unos huevos revueltos con chorizo, un guiso que jamás se le habría ocurrido elaborar a su mujer, y, como compañía, un canasto de esas tortillas de maíz que no se había atrevido a probar desde su llegada al país. La María, impaciente, se levantó y fue conducida por el camarero al baño del lugar. Había que cruzar un talud de hierba para alcanzarlo. Se llevó a la niña con ella. El conductor, entretanto, había fumado tres cigarrillos y decidió acercarse para ver por qué diablos tardaban los pasajeros del restaurante.

—Queremos comer; nos quedamos –dijo Yago con toda la convicción que pudo reunir. De poco sirvió que el tipo le dijera que tendrían que esperar tres horas o más al siguiente y sería necesario pagar los boletos de nuevo. Por una propina trajo las maletas y al final aceptó llevarse una tortilla con huevo. Cuando María y la niña regresaron, el autobús había desaparecido detrás de las colinas.

—Se fueron –informó el niño con voz minúscula.

María decidió armar un escándalo.

—¿Pero eres imbécil? ¿Cómo se te ocurre sentarte a comer en mitad del camino? ¿Qué coño vamos a hacer aquí? ¡Estás tan acojonado que no miras lo que haces!

Yago llevó al niño al baño. Caminaron lentamente. La

pierna se le había entumido después de pasar tanto tiempo sentado y lo hacía trastabillar más de lo habitual. Ya a mitad del terraplén era incontrovertible el olor a mierda que emanaba de la caseta del baño. Se resignó, como se había resignado a todo. La guerra, el campo de concentración, la metralla que le destrozó la pierna, Francia, el barco, Dominicana, Méjico y el olor.

La María fumaba. Había pedido leche para los niños. Yago terminó su plato con parsimonia y encendió un cigarrillo más. Miró el reloj que colgaba en la pared. Tres horas o quizá cuatro horas más tendrían que esperar. Pidió café. El siguiente autobús tardó más de cinco en llegar. Tenía pocos asientos, pues un grupo de monjas, peludas como arañas, venía a bordo, pero consiguieron lugares contiguos tras negociar cigarrillos con un par de hombres que se fueron a apeñuscar a otra parte.

Ya había pasado de largo la hora de la comida. Los niños se durmieron de inmediato. El paisaje cambió. Las montañas se hicieron más escarpadas y los valles más pequeños. La vegetación de la costa dio paso a largas filas de abetos oscuros.

Se detuvieron horas después. Poco faltaba para llegar a la capital. Tres automóviles de policía rodeaban otro autobús: calcinado, los marcos de las ventanas torcidos, vidrios irregulares y afilados como dientes de viejo. Tendidos sobre la calzada, media docena de cuerpos cubiertos con sábanas se tostaban al sol del atardecer. Carne puesta a secar. Un policía ventrudo, de americana y sombrero, hizo unas señas al conductor para que siguiera su camino. Los pasajeros se abalanzaron a las ventanillas para mirar a los muertos.

La María buscó la mirada de su marido.

—Ése era nuestro autobús –explicó Yago–. Y Lara debe estar buscándonos.

Oscurecía.

L A IDEA DE BUSCAR MÁQUINAS DE ESCRIBIR LA tuvo Catalina cuando encontró una malbaratada en un bazar y se tomó la molestia de averiguar cómo aquella joya de los años cuarenta había terminado allí, a merced de la ambición ignorante de un gringo que creía estafarla al cobrarle cien pesos por lo que debió costar mil.

Los ferrocarrileros tienen oficinas llenas de esta mierda, dijo el gringo antes de entregarle la caja de cartón con la máquina embalada y una revista en la que promovía su comercio en un castellano que sería piadoso calificar de infantil.

El edificio del sindicato era diminuto para los cánones del gremialismo mexicano: un cubo de dos pisos con fachada de ladrillo y por todo adorno unas pancartas desteñidas en favor de candidatos que, una vez en el cargo, se olvidaron de devolver el favor del voto de sus porristas sindicales.

No pasó sin advertir la llegada de una mujer tan tridimensional como Catalina. Un administrativo le salió al encuentro al trote, los ojos desorbitados ante el escote y la falda untada en los muslos del traje sastre elegido por la anticuaria para abrirse campo en territorio virgen.

Llamaban *Licenciado* al Mariachito aunque no se le supieran más estudios que los básicos y esos incluso podían ser una improvisación en su currículo, porque el líder firmaba con un garabato similar a una letra pe y le costaba leer los documentos más sencillos. Con precipitación fueron a buscarlo para dar aviso de que se acercaba una tormenta.

Y se acercaba.

Catalina le hizo al Mariachito el mismo efecto de las pastillas contra la impotencia a las que había debido recurrir para que sus amantes tuvieran algo con qué entretenerse cuando él se emborrachaba (hacía años que no se acostaba con su esposa, una mujer taciturna de pelos horriblemente pintados de amarillo). Su aparición en el despacho principal, al que había acudido apenas recibido el aviso de que una hembra inaudita estaba por allí y lo buscaba, le provocó al líder un agolpamiento de sangre en el rostro y una erección que se acomodó con dificultad en los pantalones de mezclilla dura.

El único que lo notó, con alegría, fue el Concho. Habían pasado veinticinco años desde que lo había llevado a su lado y, a través de golpizas sindicales, acoso y tortura de disidentes (el amo los llamaba «putos» a todos, para abreviar y justificarse), y de episodios como el saqueo de las empresas proveedoras de los ferrocarriles de carga, jamás le había parecido que a su patrón se le antojara algo distinto a la botella de brandy y la retención del trono. Se sentaba mujeres en las rodillas, sí, y obligaba a las secretarias a hincarse ante su miembro y rendirle tributo, pero el Concho, que lo espiaba desde los despachos vecinos, tenía la impresión de

78

que se trataba de un modo de ejercer jefatura y nunca de un verdadero placer, un placer sencillo como el que alcanzaba él con los borrachos del basquetbol.

El Mariachito era un tipo feo, con apariencia batracia, y jamás tuvo una mujer a la que no pudiera amenazar o comprar, porque a ninguna se le habría ocurrido ponerle el dedo encima a aquella masa de pelos mal peinados y lonjas mal fajadas. Catalina le había propinado un golpe como el que los profetas aseguraban haber recibido de Dios. El mensaje era clarísimo: te tienes que coger a esa mujer como sea, aun si hay que prenderle fuego a la ciudad.

El Concho vivía en calma su posición de ayudante sin ambiciones y perro esmerado. Su mejor amorío –ya interrumpido al momento de los acontecimientos– era el que sostuvo durante años con un hombrón moreno, de bigote cerrado y faz rubicunda, que se bebía ocho o diez rones para darse valor y cuando todos se iban, lo buscaba. Tenían un código: si el tipo iba decidido a echársele encima, se acercaba con una cerveza en la mano a la tribuna (el Concho miraba los partidos pero jamás participó en ninguno) y preguntaba: «¿Podrá venir hoy tu amiga?». Él aceptaba la cerveza y lo poseía esa felicidad que veía ahora en las mejillas del Mariachito.

Catalina fue invitada a sentarse en un sillón de cuero chirriante. En pocos minutos tenía ante sí un café, un vasito de agua, un cenicero y al líder agazapado en el borde de su silla, pendiente como una bestia de sus pechos. Ella lo advirtió con la satisfacción con que una mujer de mediana edad comprueba que el poder con que su belleza la tuvo oprimida en su juventud está ahora en su mano, como una espada o machete, listo para utilizarse sobre algún desgraciado. Era el caso.

El mobiliario estaba compuesto por vejestorios funcionalistas de los años cincuenta y lo principal, escritorios, adornos de mesa, sillones, había sido tan poco utilizado que se encontraba en condiciones más que decentes para venderse a cualquiera de los arquitectos y decoradores que integraban la parte esencial de su clientela. Expuso sin requiebros sus intenciones: quería esos muebles y aparatos (la palabra, en sus labios, le sonó al Mariachito como una promesa de jugueteos orales que lo electrizó), y quería, si aún había por allí, máquinas de escribir, sumadoras, archiveros y hasta la bandera nacional que dormitaba, por siempre jamás, en una vitrina al fondo del despacho. Tenía compradores para todo, incluso más de lo que estaba a la vista. Pagaría hasta la última silla.

Al Mariachito, habituado a sobrevivir de las ganancias raquíticas de la venta de alcohol a los ebrios de la cancha y a las menguantes que arrojaban los atracos a los proveedores (y ni qué decir de las cuotas sindicales, que se evaporaban a medida que los veteranos del gremio tenían a bien morir), el negocio le hizo sentido. Distraería, se dijo, parte del dinero para adquirir muebles baratos que sustituyeran a los antiguos sin que fuera notoria la ausencia. Incluso, pensó, podría utilizar el asunto para dar el gatazo de renovador, aunque su reforma consistiera en sustituir mobiliario de cedro, ébano y abedul por otro de aglomerado y plástico. No importaba: el sacrificio de sacudirse la polilla era indispensable y así se lo diría. Después de todo, ni Hugo el Cejas ni Marina la Profesora, sus rivales de la Corriente Democrática Solidaria (la del Mariachito, que gobernaba el sindicato desde su fundación, era la Revolucionaria Nacional), serían capaces de negar que a las oficinas les hacía falta una despercudida. Y eso que eran unos putos.

Bajaron a las bodegas. Catalina se extasiaba ante la cantidad de lámparas, mesitas esquineras, barras de licores, tapices con motivos patrios y retratos botados allí, como basura, cuando sus materiales y su condición *vintage* los convertirían en piezas cotizadas y anheladas por la ralea de jovencitos que estaban redecorando las mansiones y corporativos de la ciudad. Por su lado, el Mariachito era ya un fanático de las nalgas de su visitante, encajadas en una falda a todas luces escasa, y del movimiento con que echaba las piernas adelante al caminar. Se descubrió con una serie de pensamientos que excedían la posesión de la carne y alcanzaban a dibujarle en la cabeza escenas que, para alguien como él, pasaban por celestiales: comidas en restaurantes cuajados de marimbas, cenas pletóricas de cocteles dulces a base de ron, desayunos en algún hotel de la costa (aquí su imaginación titubeaba, porque al Mariachito no le gustaba el mar y en su cabeza se proyectó una mezcla de los búngalos pinches en que se hospedó con su mujer muchos años atrás y los *spas* cinco estrellas de los comerciales televisivos).

Ella supo que la mitad del negocio sería la venta de los objetos a precios descabellados, sí, pero la otra pasaba por convencer al Mariachito de golpes más riesgosos. No había trenes de pasajeros circulando desde hacía años. Estaban muertos, enterrados, nadie soñaba hacerlos revivir. Y sin embargo habían sido, en algún momento, transportes vitales, indispensables. Sus esqueletos deberían estar en alguna parte. Calculó las ganancias que se le podría sacar al menaje de los vagones comedores y fumadores, los dormitorios de lujo, los baños rococó que, recordaba, contaban con espejos sobredorados y garigoleados, como para que se reflejara en ellos algún líder con suficientes pantalones como para venderlo todo.

¿Podrían convertirse en saqueadores? Ahora que lo sabía o presentía quiso de pronto ser la propietaria de un vagón, instalarlo en un jardín (que tampoco poseía: el negocio no le había dado más que para vivir en los altos de su tienda), desayunar té y pastitas en una terraza construida alrededor de alguna carcasa prestigiosa.

El Mariachito no podía más. Cuando Catalina se inclinó para acariciar el brazo de un sofá y reconocer el tacto del roble veteado, le apoyó su pequeña erección. Ella pensó, nada más, que aquel gordo no era ningún atleta y, a menos que la cubriera con una lluvia de dinero, sería inútil concederle más de dos o tres noches, las necesarias para sacarle hasta las muelas a un precio absurdo. Se empujó suavemente hacia atrás para hacerle saber la parte pública de su decisión. El Mariachito la jaló de la cintura.

Detrás de una columnata, a la entrada de la bodega, el Concho luchaba contra su propia excitación. El pulso se le aceleraba sin posibilidades de freno. Nunca, desde el día en que lo llevaron a la presencia del amo, entonces más lozano y peludo pero no más apuesto, se había sentido tan enamorado. Nunca, desde que el buen patrón lo sacó de aquel infierno, de la cañada donde lo usaban como puta y el pueblo en el que su madre luchaba sin armas para apenas respirar, se sintió tan atraído y exaltado por la cercanía y el olor a carne que emanaba del Mariachito.

Así, mientras las faldas de Catalina subían, los pantalones del Concho bajaron. Ella no le interesaba: era una mujer, un ser amable y lejano. No: era el rey quien lo atraía como remolino. Los sonidos de placer y el roce de sus propios dedos lo metieron en un huracán: sus duchas con basquetbolistas, su llegada al sindicato, la primera cerveza fría, la compra de ropa, los instantes predilectos de una vida que ahora, con regocijo, se le derretía en la mano.

Madrid, 1926

A LA DUDOSA LUZ DE UN FOCO FUMABAN LOS cuatro, en las escaleras del edificio, inmóviles como los mosaicos mientras la tía Luz preparaba la cena. Croquetas, de nuevo, que a León y Guillermo les parecían insuperables luego de tantas noches de ranchos fríos.

Los Almansa callaban. A su espera se había unido Benjamín, el hijo de los carniceros, y ninguno de los otros tres pensaba en ofrecerle tabaco o darle algo de cháchara.

—Pues ha dicho anoche mi padre que en Marruecos os han dado por culo y que dan pena esos airecitos de príncipe...

Benjamín prolongaba la discusión de la mañana pero no conseguía sacar de sus casillas a los mayores. Apenas si le habían dedicado un capón o alguna patada en las espinillas como respuesta a sus puyas. Yago tampoco había colaborado a corregir el funesto ambiente: se había pasado la tarde pidiéndole tabaco al hermano y escupiendo los trocitos de uña que se arrancaba cada vez que se le terminaba el pitillo y no le daban ganas de pedir más.

—Al que le dan por culo es a tu padre, metido en esa carnicería de mierda sin ver el sol –dijo Guillermo, al fin, concediéndole la mirada al vecino–. Y a tu madre se la beneficia el carnicero, entretanto.

—Pero si su madre huele a tripas –repuso Yago con firmeza, como si su argumento, de hecho, fuera una defensa del honor de la matriarca de los Lara.

—Bien que te comías las tripas, hijo de puta, cuando no estaban estos para defenderte –Benjamín saltó de su asiento: ya era de nuevo una criatura llorona y ofendida, como en la mañana.

—Uno se come hasta las tripas de la puta de tu madre si hay hambre –filosofó Guillermo.

Benjamín no era un chico que se amilanara. Encajó los insultos y se mojó los labios para defenderse.

—También ha dicho mi padre que los soldados se hacen todos maricas en los cuarteles, porque se los folla el oficial –moqueaba y escupía al proclamarlo.

—Muy hombre será tu padre, niño, pero se caga encima si las clientas se le quejan del filete –Guillermo, compasivo, le acercó un pitillo a Benjamín para que cerrara la boca. El vecinito se limpió los mocos con el dorso del brazo y lo aceptó sin dar las gracias.

—Ay, qué cosas del niño –se burló el primo.

Yago se aburría. Sabía las historias de Marruecos porque Guillermo las narró en cartas cien veces leídas. León había regresado más lacónico y hostil que nunca y pasaba los días en casa, levantándose tarde, devorando el pan y el café sin decir nada.

A última hora se les apareció en la escalera la María, a quien Ramón había mandado para invitarles el chocolate. La chica, más mustia que de costumbre, transmitió la orden sin abrir los labios y se dio la vuelta antes de obtener respuesta.

León sentía por Ramón una simpatía impropia de su mala uva. Leía *Prensa Obrera* con atención desusada. Le divertían las iras jeremiacas del viejo contra los señoritos y el rey y se hipnotizaba al oírlo recitar blasfemias cada vez más tremendas para complacer al auditorio. Al contrario que los vecinos, que los miraban con recelo o desprecio por haber sido soldados, Ramón los compadecía y les ofrecía complicidad.

Bajaron la escalera a zancadas y dejaron atrás a Yago y Benjamín, todavía con el pitillo en la boca y el rostro húmedo por el llanto.

—Regresaron estos y apenas si me hablas, gilipollas –le dijo entre dientes a Yago antes de meterse al piso del viejo.

—No jodas. No soy tu novia.

Ramón no tenía el buen talante de otras tardes. Mandó a la María a que les sirviera el chocolate a los chicos y les señaló a los mayores la puerta del despachito. Se metieron allí los tres con una jarra de café y, aunque se les escuchó discutir, ni Benjamín ni Yago ni la propia María, paralizados cada uno por la presencia de los demás, se animaron a levantarse de la mesa y pegar oreja a la puerta y, por ello, no llegaron a enterarse de qué diablos quería decirles Ramón a los mayores ni cuál sería la urgencia que le dilataba los belfos de ese modo.

—Tu hermano no habla nunca: parece un viejo –dijo la María con voz bajita, dirigiéndole la palabra directamente a Yago por vez primera en la historia.

Benjamín dio un golpe en la mesa, harto de que se le siguiera hurtando la atención.

—Su hermano se ha hecho marica en Marruecos. Me lo ha dicho mi padre anoche.

—¿Y le ha dado por culo a tu padre o cómo es que lo sabe de tan buena fuente? –respondió la chica con tirria. Usaba un vestidito gris y decente pero se le había enrollado al subirse a la silla y Yago se encontró estudiándole los muslos. Ella lo miraba a los ojos.

—A su padre el que le da por culo es el carnicero –adicionó Yago, con alguna pena por el gesto de rabia que le arrancó a su amigo.

—Serás hijoputa –sollozó Benjamín y se llamó al silencio. La María sonrió turbiamente y rellenó la taza de Yago de chocolate.

—Y tú le crees a mi abuelo o vienes por la merendola. Benjamín ladró otra vez.

—Este gilipollas no entiende nada de lo que cuenta Ramón. Le da pereza pensar. Es idiota.

La chica torció la cabeza en espera de que se le respondiera. Tenía un gesto peculiar, como si resistiera las ganas de reírse.

—Me gusta que se cague en el rey –Yago optó por sincerarse y no hacerse el enterado frente a la nieta, seguramente ya muy catequizada–. Pero me jode cuando se pone como loco y acaba con la bandera y los santos y la puta madre de Cristo. Parece uno de esos locos del hospital y no hace maldita la gracia.

A María le divirtió pensar en Ramón como un demente, bata blanca, gorro, brazos amarrados. Se acomodó a la mesa para echar un vistazo a Yago. Y se miraron durante mucho tiempo.

—Que os den –bufó Benjamín, viéndose perdido. Se sirvió él mismo otro chocolate y se dedicó a mascar un pan y a fijarse en las puntas de sus zapatos.

Cayó la noche antes de que el viejo y los mayores salieran del despachito. Lo hicieron pasada la hora de la cena y olían al mal coñac que Ramón era capaz de comprar. El viejo les palmoteaba las espaldas a los soldados ofreciéndoles consuelo y se mordía los labios con una preocupación que Yago no conocía.

—Pensad en lo que os he dicho y creedme: esa gente no perdona y lo del señorito Andrés no se ha olvidado ni se va a olvidar. Sois hombres. Lo que decidáis hacer, que sea ya. No esperéis otra noche.

León no quiso decir palabra cuando volvieron a casa. Se embuchó una cantidad violenta de croquetas y se metió a la cama. Guillermo cenó con su madre y charló con ella sobre cualquier nadería. Cuando la mujer se marchó a dormir, se apoltronó frente a la estufa y se lio un pitillo. Era primavera pero aún helaba. Yago se asentó en la alfombrilla, junto a las botas del primo.

—Qué ha pasado.

Sabía que de su buena voluntad dependía que se enterara o no de las novedades. Ninguna ilusión tenía de que su hermano lo incluyera en sus planes. Si Guillermo no revelaba el asunto, se quedaría en la inopia. Pero el primo era de fiar. Aunque se tomó un tiempo considerable, finalmente un susurro brotó de su boca junto al humo del tabaco.

—Pues qué va a ser. Que el hermano del señorito Andrés ha seguido soltando duros acá y allá para buscar a los asesinos. Y algún hijoputa le ha dicho que estuvimos en Marruecos y hemos vuelto a Madrid. La culpa es del aturdido de tu hermano, porque pregonó su nombre y esa historia sonó.

Yago supo que antes de unos pocos días volvería a estar solo, en casa de la tía, mendigando tripas a los Lara, abandonado al pan y el chocolate de Ramón. O a lo que fuera que pudiera ofrecerle la equívoca promesa que era, ahora, la María.

—Un amigo de Ramón, uno de esos fanáticos que rondan los juzgados y puestos de policía, fue quien le contó. Dice que han contratado a un tío para que nos reviente. Y no puede tardar mucho en dar con nosotros.

—Y qué vais a hacer.

—Pues ni puta idea, para empezar. Del Val, nuestro amigo, anda también en líos y ha dicho que se larga a Italia. El tío tiene buena voz, estudió para tenor y va a unirse a un coro. Yo no canto una mierda pero mejor salir por piernas a esperar que me maten.

—¿Del Val, el que os llevaba a golpear borrachos? Joder.

Las llamas del brasero le iluminaron a Guillermo unos rasgos torcidos.

—Es buena bestia. Se vino con nosotros a Marruecos y peleó como un bravo. Y se ríe uno con él. Ramón nos ha dado las señas de sus camaradas en Italia para que nos acojan.

Yago pudo elegir el insomnio. Tenía ingredientes: los asesinos que buscarían a su hermano, el odio nacido entre Benjamín y él a fuerza de insultos, los ojos y manos de la María, sus labios, sus piernas. Pero sabía que habría noches suficientes para preocuparse, ver llorar a la tía, leer de nuevo las cartas de Guillermo, inflamarse por labios y piernas y mejores motivos.

Se durmió como había hecho desde siempre, sin rezar, soñar ni respirar casi. Y a la mañana descubrió, con poca sorpresa, que León y Guillermo habían vuelto a marcharse.

L A PUERTA ABRÍA HACIA FUERA. APENAS LA MIRÓ
desprenderse del marco con un crujido y la vacilación propia de la amenaza que la animaba, Omar
supo que debía patearla. Sacó la fuerza del estómago, como
tantas veces le demandó el profesor de educación física en
la escuela y como jamás había conseguido antes. En la primaria siempre fue incapaz de rematar los balones que tuvo
a modo para anotar esos goles que pudieron convertirlo en
alguien mejor, en el ídolo de la clase. Quizá la extinción era
la amenaza que necesitaba para convertirse en goleador.

La puerta salió despedida hacia el rostro del Concho,
quien se había agachado, ganzúa en mano, para violar la
cerradura. La chapa le partió la nariz tan limpiamente que
a punto estuvo de matarlo: el tabique, proyectado contra
el cerebro, quedó a milímetros de rajarle el lóbulo frontal.
Omar se abrió paso escalera abajo y, de tres en tres pelda-
ños, se alejó con agilidad tigresca.

El Concho escupió una masa químicamente dominada por
la sangre. Pese al mareo y la náusea consiguió incorporarse. Se enjugó la nariz con la camiseta (que empapó de rojo,

como una playera española) y, a una velocidad modesta en comparación con la de su caza, se dirigió a la puerta del edificio, pasó bajo la arcada y miró al enemigo dar vuelta a la esquina. No estaba vencido, se dijo, no iba permitirle escapar, la muerte del Mariachito no quedaría sin venganza aunque estaba seguro de que el chamaquito de mierda no había accionado la pistola que le voló la cara a su patrón. La teoría del Concho, forjada a lo largo de los cinco o seis días que le tomó robar y esculcar a detalle los cajones y las computadoras del negocio de Catalina hasta dar con las señas del alojamiento de Omarcito, era simple y verdadera: los celos de su amo lo habían hecho perder la sensatez, invadir la casa-oficina de la mujer y meterse en un forcejeo en el que sólo había un resultado posible: la caída. Pero Omar había sido el motivo de la ansiedad delirante del Mariachito y el Concho no dudaba que los miedos de su patrón estuvieran fundados en un adulterio (aunque la palabra era un abuso) sucio y real

Con satisfacción, notó que Omar se había metido por una calle cerrada y tendría que girar a la izquierda, al fondo de la manzana, para volver a la avenida. Lo esperó con los puños listos y apretados como piedras. No dispararía a ciegas, como había hecho el Mariachito con tan malos resultados. No: lo mataría a golpes, con las manos desnudas, como pensaba que debía hacer un hombre. El mareo lo estaba haciendo desbarrar y, en vez de serenarse, sonrió. Allá venía ya Omar, veloz y agitado, venadito listo para que le barrieran las patas y le rompieran el pescuezo.

No: se escurrió, putamadre. Pasó a su lado y lo eludió como habría hecho un buen extremo ante el lateral, finta de avance por el centro seguida de explosiva escapatoria a la banda. A punto estuvo de aferrarlo del cuello de la camiseta pero se quedó con unos pocos hilos en la mano y, maldición y esputo de por medio, se tuvo que apresurar, ahora sí, tras él.

Omar, aterrado hasta las médulas y con los testículos del tamaño de balines apretados contra el escroto, se arrojó hacia un pequeño y luminoso pasaje comercial. Era lunes y estaban a punto de sonar las siete de la noche en el reloj del templo: las familias del barrio se asomaban a los escaparates, soñaban con aparatos refulgentes y ropa tersa pero se conformaban con pedirse unos churros con mermelada y sentarse a mascarlos junto a otros, quizá más afortunados, a quienes les había ajustado para un par de zapatos para el niño o una película de rebaja.

Hubo un escalofrío general, similar al que recorre una bandada de flamencos si un jaguar brinca entre ellos, cuando Omar apareció por la puerta automática. No gritó algo en concreto, como «auxilio» o «me quieren matar»: ululaba como un desesperado y saltó dentro de una tienda de ropa a tiempo de que el primer disparo no le volara la oreja. La vitrina más cercana se desintegró e hizo saltar el llanto de una alarma. La bandada de flamencos, primero muda, pasó del estremecimiento al pánico y estalló en una nube de carreras, berridos, empujones. Alguien le acertó un vaso de refresco en plena cara al Concho momentos antes de que volviera a abrir fuego. Eso permitió que Omar se pusiera a salvo detrás de una pila de pantalones. Un vendedor, sin embargo, se derrumbó a su lado con la cabeza perforada. Su cuerpo exangüe fue a dar a las piernas de una mujer que, con los dedos en los oídos, se había dejado caer en medio de un pasillo y lo recibió, pálida, con desesperación de madre.

Mientras la cascada de gritos alcanzaba y rebasaba nuevos límites de decibeles, Omar se arrastró hasta un umbral que parecía la entrada a un baño y conducía a un pasillo sin decoración, al final del cual un rótulo rezaba, en titilantes letras, «Proveedores». Se internó por él a cuatro patas, con ímpetu bestial. Apareció en un corredor exterior. Una serie de contenedores de basura montaban guardia junto a los muros. Los estruendos del pasaje llegaban apenas, acallados por la distancia y una acústica calculada para que las tiendas fueran cajas de resonancia y luz y los pasillos de servicio, como aquel, recreos de silencio y sombra.

Allí, sin fuerzas y resignado a que le aplastaran las manos, dedo a dedo, y le metieran el cañón de una .45 entre la encía y el paladar, sobre una bolsas bofas que se desinflaron bajo su peso y olían a fruta dulce, podrida, se derrumbó Omar.

La lista de los órganos comprometidos, colapsados, adoloridos o simplemente hechos mierda en su cuerpo, luego de la escapatoria, era extensa: cerebro, pulmones, estómago, intestinos, hígado, páncreas, vejiga se le remecían en las tripas y las cuencas del cuerpo como gusanos arrinconados. En esa hora extrema, pensó en su madre, tanto en sus días de gloria ibérica en Zapopan, irritando a la gente con su acento castizo, como en los peores de la enfermedad: abatida, seca, al borde del derrumbe. Pensó en Catalina, labios mojados de saliva y sangre (tuvo el pudor de omitir el semen de su memoria). Recordó al Richie: exánime, la piel azulada, la lengua lechosa, los párpados a medio cerrar.

Omar. Su nombre, que era el de su padre, jamás le gustó. Esa fobia era compartida por su madre, que quiso llamarlo Vicente y sólo aceptó lo de Omar a ruego de su marido, porque ya había un Vicente Rojo famoso, pintor o algo así, y no era cosa de echarle al mundo un tocayo sin que resultara una suerte de homenaje o sometimiento.

Esas y otras cosas pensó, sofocado y mudo, en una autobiografía que preveía terminal. Pero el matador no lo alcanzó y, en ese trono, acunado en los desperdicios de la tribu de compradores del pasaje comercial, se quedó durante minutos largos como meses sin que el Concho apareciera.

No por falta de balas o intenciones de reventarlo sino porque la seguridad del pasaje intervino, rodeándolo con un perímetro de pistolas, el Concho se había rendido. Con manos alzadas, meditaba. No era ningún contrasentido que alguien como él, enlodado y marrullero, fuera capaz del refinamiento necesario para elegir un futuro. Su cálculo era simple: si los cadáveres del Mariachito y Catalina no eran encontrados (y no había forma de que lo fueran si él no confesaba, porque habían sido sepultados bien hondo en el bosque, en una zona en donde muchos otros habían sido entregados a la tierra y su merma), si nadie durante el proceso llegaba a mencionar los fraudes con el dinero sindical (y el sucesor del Mariachito en el liderazgo, ya fuera Hugo el Cejas o Marina la Profesora, decidía dar lo perdido por irrecuperable y concentrarse en ordeñar las cuentas ferrocarrileras por propia mano en adelante), los cargos se limitarían a la muerte del empleado. El Concho se diría víctima de un intento de robo, no identificaría de ninguna manera a su agresor (quería a Omarcito para sus manos desnudas) y se conformaría con las acusaciones de posesión de arma sin licencia y homicidio imprudencial. Resolvió, amparado en su cotidiana revisión de la nota roja, que le darían cinco años. No era para tanto. Más los pasó de hambres, cuando niño, más años debió cargar bultos, recibir coscorrones, morder tortillas duras, chupar vergas y hoyos y lo que fuera menester.

Se arrodilló ahora, dejó ante él la pistola y colocó las manos detrás de la cabeza en un gesto que nadie exigió y que aportó de su cosecha para demostrar a sus captores que estaba vencido fuera de toda duda.

La policía llegó media hora después y, con todo, lo hizo antes que la ambulancia que cargó con el cuerpo del vendedor abatido y dejó allí a dos paramédicos con la misión de controlar, reducir y sedar a la mujer sobre la que había aterrizado.

Omar se había ido directamente a la chingada. Corrió otra vez, salió a una calle lateral y se largó lo más pronto que sus pies fueron capaces de llevarlo. Había sudado de tal modo que los calzones y la camiseta se le adherían a la piel y el alivio cargaba sus zancadas de una debilidad creciente.

Volvió al departamento. La puerta, entreabierta, lucía en la chapa marcas de la sangre del invasor. La limpió con el faldón de la camiseta y, mientras lo hacía, horrorizado, se la quitó de un tirón. Ahora lo preocupaba la posibilidad de que los fluidos del Concho pudieran inculparlo de algo o le contagiaran una enfermedad espeluznante.

Cerró de una patada y, desnudándose con manos trémulas, entró a la regadera y se dejó anegar. Tardó en darse cuenta de que el teléfono sonaba y salió sin secarse. La voz era femenina, solícita. Su nombre era Marlene, de la agencia Horizontes: ¿estaría en casa el pasajero Rojo Almansa, Omar? Se había abierto lugar en un vuelo a Madrid dentro de unas semanas, luego de una cancelación y querían confirmar su interés. Me voy, se dijo y saboreó los alcances inmensos de una palabra como *pasajero*. Me voy a la mierda y el pasaporte lo renuevo allá. Colgó luego de asegurarle a Marlene que al morir tendría un lugar en el paraíso de las empleadas eficaces.

Se durmió en la alfombra, junto al teléfono.

El Concho, como era de esperarse, había calculado mal. La policía lo conocía, tanto por sus antecedentes de golpeador como por los de sindicalista corrupto; los nuevos cabecillas lo señalaron de inmediato como posible asesino de su líder, a quien no hubo modo de encontrar; nadie creyó su historia del intento de robo y lo acusaron de homicidio calificado.

Su sentencia fue de treinta años y lo golpeó en el estómago como un puñetazo de los que le metían sus abusadores allá en el pueblo. Volvió a hacer cuentas: con buena conducta y un abogado mañoso y si se guardaba de confesar el sitio en donde reposaban los cuerpos, podría salir en ocho o a lo sumo diez años más.

Calló, resistió como un santo las incomodidades, las palizas en los interrogatorios y los dormitorios, la soledad, el horror. Resistir, resistir diez años, se decía.

Volvió a calcular mal: estuvo preso diecisiete.

MADRID, 1922

TANTO SUFRÍA YO
al mirar que el ahogo
no lograba que aquello marchara,
que por fin me arriesgué
y al muchacho ayudé
para que su motor funcionara...

No menos de doscientos hombres seguían, con diversos grados de crispación venérea, las caderas y la verdulera exhibición del escote de la cupletista. Viejos de monóculo y barbazas académicas y señoritos de familia –pinta de lechuguinos y ojitos desorbitados– convivían en la sillería feroz con la raspa de Madrid: poetas sin rima, pintores sin traza, torerillos mansos o borrachines perturbados que silbaban, escupían y festejaban a la mujer que, holgazana, se arqueaba en el tablado.

Guillermo y León fumaban al fondo del Salón París, un apretado galerón teatral cuajado de humo y en cuyos suelos de viruta podría excavarse hasta dar con vestigios godos. Acompañaban a Antonio del Val, un viejo compañero de armas, quien había acudido allí para cobrar una deuda de muchas pesetas por cuenta de un amigo del café. Eran poco más que muchachos pero conocían lo suficiente de anatomía mujeril como para no tener necesidad de salivar ante los destellos de carne que lanzaba la cupletista y lo suficiente de vilezas como para no inmutarse ante las marranadas que le gritaban abuelos y mozos desde las butacas.

Del Val había recorrido los pasillos y asomado detrás de las cortinillas del último palco sin dar con el tipo al que buscaban: un señorito, estudiante del último curso de abogacía, quien se había empeñado en perder a las cartas la mesada entera contra un tabernero andaluz. Como el miserable no pagó, ni se le había visto por el café ni por la facultad de Derecho ni por la puta calle durante días, el andaluz había propuesto a Del Val ganarse unos duros si daba con él y más todavía si lograba convencerlo de que liquidara cristianamente sus deudas.

León y Guillermo recibieron disposiciones para reportar la llegada al París de cualquier grupo de tíos bien vestidos y por ello ocupaban, al borde del bostezo, un par de pésimos lugares a medio metro del umbral. El estruendo de aplausos y palabrotas avisó que la cupletista había consumido su actuación y sobrevendría un remanso de calma y orquesta mientras la siguiente saltaba a escena. Los camareros comenzaron a resurtir de alcoholes diversos a los sedientos y de tabaco y algunas otras gracias –importadas del Oriente, éstas, vía Marsella y Barcelona– a quienes las requirieran y pudieran pagarlas.

Del Val era tan de buena percha y tan paupérrimo como sus amigos, pero no lo parecía bajo el peto impecable y aderezado por un bigotillo que recortaba cada mañana. Hacía tanto que zapateaba el mundillo del París que podía lo mismo meterse en los camerinos de las cupletistas que pegarse un trago con el capitán de camareros sin propinar a cambio más que sonrisas. Pero aquella noche sus sortilegios no habían rendido efecto y la presa seguía sin asomar las narices, aunque era de fiar el dato de que se presentaría allí, en las instalaciones del París, en algún momento de la noche.

Mientras le escanciaban un trago con más sifón que ginebra, Del Val sostuvo la boquilla entre los dientes con gesto impaciente y, tras indicarles a los muchachos que no se movieran de las butacas, avanzó hacia donde se encontraba Capistrán, el ayudante del empresario. Se agachó a su lado, le rodeó los hombros con el brazo, como si fuera su padre, y procedió a interrogarlo.

Guillermo fue el primero en verlos. Eran seis o siete, más jóvenes y gordos de lo que habría podido pensarse –o quizá era que un par de pobres diablos, como ellos, veían rollizo a todo aquel que pudiera mantener el ritmo de tres alimentos diarios. Entraron en tropel, ebrios ya, tomados del brazo y sin preocuparse por la retahíla de gruñidos que provocaban entre los asistentes sus pisotones y envites. Un bedel los condujo a un palco, mientras once camareros se apeñuscaban tras ellos en pugna para ver quién lograría ser el primero en servirlos.

—Aquellos son –confirmó Del Val, materializándose a su lado–. El más gordo es Andrés Montesinos, sobrino segundo de un ministro. El tipo que buscamos viene con él. Capistrán ruega que, si vamos a darles, lo hagamos fuera del salón.

León no miraba el palco sino la ringlera de mozas que apareció por una puerta lateral para ser velozmente conducida a los dominios de los recién llegados. Serían ocho o nueve, una para cada rechoncho y alguna de sobra por si los señoritos no gustaban de ciertas caderas o escote. Parecían todas frescas, o más lozanas al menos de lo que solía estar la carne de alquiler en el París.

—Estaban ordeñándose a las cabras y los pastores hace quince días –dijo con el bigotillo torcido como por una descarga repentina Del Val. Y luego, con un gesto franciscano que nadie le habría sospechado, añadió–: Qué inmundicia.

Determinado como un misionero enfiló hacia el palco, abriéndose paso a codazos entre muchachas y camareros, sirvientes y recaderos, curiosos y ujieres que se le cruzaban por el camino, seguido a pocos pasos por León y Guillermo, quienes, disimulados, empuñaban las pistolas. El palco olía a agua de colonia, vino bravucón y castañas.

Del Val ofreció su sonrisa de perito en embustes.

—¿Don Francisco Torrejones, si no es molestia? ¿Don Francisco Torrejones? Le tengo carta de una amiga, don Francisco.

El imputado se levantó, perplejo, y marchó hacia ellos jaleado y palmoteado por sus compañeros de farra, que todavía estaban por repartirse los asientos. Las chiquillas hicieron su aparición en ese instante y pronto fueron repartidas sobre las rodillas de quienes las arrendaban: una para cada cual y dos para Andrés Montesinos.

Torrejones no parecía mal sujeto. Aceptó la mentira de la carta y acompañó a Del Val liándose un pitillo y con un trago en la mano, quizá un whisky, al que daba sorbos confiados. Afuera, al frío de la madrugada, se dio cuenta de que había sido mala idea dejarse el abrigo. También se percató de que Del Val no iba solo y se había precipitado al seguirlo.

—Dile a mi *amiga* que pagaré pero que no joda. Ahora no tengo un duro.

De su boca nacía humo; de su nariz, vapor.

—Estoy seguro de que lo llevas en la cartera –apostó Del Val, las manos metidas en las bolsas del abrigo–. Si lo sueltas, regresas al palco, tus amigos te pagan la farra y ya. Mañana, tan feliz.

Torrejones se encogió de hombros. Hizo ademán de volver al salón pero Guillermo se interpuso.

—Quita, niño –atinó a protestar.

El primer golpe lo recibió en el vientre, fue de Guillermo, y lo hizo humillar la cabeza. El segundo fue peor: una patada en las muelas que le acertó León. No hubo un tercero porque Del Val le revisó la chaqueta y obtuvo su cartera mientras Torrejones averiguaba el destino de sus molares tanteando en el lodo de la calzada.

—Coño: de verdad no tiene.

Seguían riendo por la mañana, ante un chocolate con churros, en un local grasiento y hogareño cerca de la Plaza de la Cebada. Los acompañaba, radiante, el andaluz.

—Yo le hubiera pegado otro poco, claro, pero me sorprendió verlo sin un duro. Espero, don Jesús, que el reloj y la pluma fuente cubran la deuda, porque va a dar pena buscar de nuevo al chaval…

El andaluz, moreno y chicuelo, sonrió con dientes podridos y se embolsó los trofeos.

—Esto e' *má*' de honra, don Antonio. Que *er* niño se meta *e*' resto *po*' culo…

En la taberna del andaluz los alcanzaron el señorito Andrés y su mesnada la noche siguiente. Había caído una nevada de las que se veían poco en Madrid y el lugar estaba repleto antes de hora. Se bebía, se comía tortilla y pan y se rememoraba, ante los leales, la aventura del París y la felicidad del propietario cuando le narraron cómo había rodado por el suelo la mitad de los molares del señorito Torrejones.

Andrés Montesinos era un modesto coloso de tez rasurada y clara, a quien el frío revestía con mejillas rojas de muñeca. Lo escoltaban cinco tipos idénticos, a quienes distinguía entre sí el color del cuello de la camisa o los tonos con que les brillaba el cabello. Llevaban garrotes en las manos y algún cuchillo al cinto.

—¿Tú eres el de la cartita? A la puta calle, cabrón –indicó el señorito, con la autoridad que denota la voz de los sobrinos segundos de ministro.

Antonio del Val, pálido, sostuvo la sonrisa de caballerete y obedeció. Se puso en pie, dio un trago al chocolate y los precedió rumbo a la puerta. Un secreteo danzó de mesa en mesa. Los Almansa aflojaron las pistolas. León dejó unas monedas junto a su vaso. Su primo, previsor, regresó algunas a su propio bolsillo antes de seguirlo.

A Del Val le habían situado ya tal cantidad de patadas y garrotazos que su sangre había salpicado la nieve, la pared y el pie de una farola. Se cubría con las manos lo que podía, que era poco, y se retorcía cada vez con menor vehemencia, resignado a terminar sus días bajo aquellos zapatos puntiagudos y aquellos garrotes endurecidos por el frío.

—Andrés –gruñó León en un tono que no era llamada ni grito.

La paliza se detuvo. Los jadeantes gordos se volvieron, flojos los cuellos de las camisas, bocas y narices expeliendo chorros de vapor. Se habían cansado: sudaban.

El tiro le entró al señorito por mitad del barrigón. Cayó hacia atrás y se quedó apoyado contra el muro, como si estuviera sentado y pidiera caridad, mientras sus amigos se arrodillaban en la nieve. Uno de ellos gritó como señorita de cinematógrafo. La mancha roja en la camisa de Montesinos tornó a negra. Él chillaba y pretendía reanimarse pero ninguno de sus devotos movió un dedo. En la distancia resonó el silbato inútil del gendarme.

—A la mierda –les dijo León.

Los gordos hiparon. Y, uno a uno, corrieron calle abajo, olvidados tras de sí los garrotes, la bufanda, algún zapato.

Guillermo ayudó a Del Val a recomponerse. Cojeaba de una pierna y arrastraba la otra pero consiguió avanzar. El andaluz los recibió en el portal, que cerró de inmediato.

El señorito Andrés resoplaba, sentado ahora en el borde de la acera. Sus pupilas agrandadas se obligaban a recorrer la cara de León, que había caminado un par de pasos hasta él y lo examinaba.

—Voy a joderte, a joderte de verdad, hijo de puta –amenazó el gordo con una ira que no se resignaba al ahogo.

—No –dijo León.

Y le disparó en la cabeza.

2

A La Mancha, manchego
que es mala tierra
que la Virgen no quiso
pasar por ella

Guadalajara, 1997

SERÍA UN ABUSO DECIR QUE LO SOÑÓ, PORQUE NO era capaz de dormir sin la asistencia de un par de píldoras y a veces ni así, pero tuvo y conservó la vívida impresión de que el Concho había asomado por el departamento y adherido su rostro jadeante y basto a la ventana. Su transpiración, que incluso creyó percibir en la nariz con la delicadeza de un puñetazo, era puro amoniaco, un concentrado de orines. Sudoroso, helado, Omar se mordisqueó las uñas y todos los pellejos que las rodeaban en una sola noche.

La siguiente, al volver del supermercado con sendas raciones de vodka y jugo de naranja por compañía, encontró dos tipos ante su puerta. Eran policías. Lo encañonaron, lo obligaron a entrar y le esculcaron el departamento. Nada parecía indicar que allí residiera un sospechoso: había tomado la sabia decisión de bañarse y bajar al contenedor las toneladas de basura acumulada. No podía saberlo de antemano pero se había engalanado para un interrogatorio oficial.

La policía dio con él días después del tiroteo, aunque por motivos del todo diferentes. Alguien denunció en la línea de quejas anónimas, con una persistencia sobrehumana que obligó a tomarlo en serio, que la tienda de Catalina no abría ya y en su interior eran visibles huellas de violencia.

Una patrulla acudió, levantó reporte y volvió con una orden de allanamiento. Rompieron la chapa por mera ineptitud para forzarla y encontraron los escaparates intactos pero también una chancleta con rastros de sangre extraviada en mitad de un pasillo (se había resbalado del pie de Catalina cuando el Concho la sacó de allí). No había sábanas en la cama principal, el colchón tenía trazas que los análisis revelarían como de pólvora y sangre y faltaban, desde luego, la dueña del lugar y el dependiente. No localizaron archivos ni computadora alguna pero sí unos libros de cuentas que permitieron establecer la identidad de la dueña, Catalina Rojo, y el empleado: Omarcito. Catalina había sido aval para el alquiler de su departamento y allí constaba la dirección.

La versión de Omar, construida sobre la base de lo que los investigadores le refirieron, fue simple: llevaba días de presentarse a su empleo, en la tienda de antigüedades, sin que su propietaria, prima segunda de su padre, abriera ni se hiciera presente en el lugar. La había llamado a su teléfono, por supuesto, sin obtener respuesta. No, no sabía de su paradero, aunque había deslizado que pensaba viajar con su pareja, un gordo al que Omar apenas conocía. ¿Sabía quién había presentado la denuncia? Él mismo, dijo con lengua mentirosa. ¿Cuántas veces? Al menos cinco, todas en la línea de quejas (ese dato falso coincidía azarosamente con la verdad y convenció a los visitantes de su testimonio). ¿Por qué no se presentó ante una agencia del ministerio público, con nombre y apellido? Tenía miedo de que Catalina enfureciera si es que regresaba. Porque la relación de la desaparecida con el gordo era clandestina, les confesó. Los agentes intercambiaron miradas de entendimiento. ¿Nombre del tipo, generales, procedencia? Omar, cuyo instinto de conservación era agudo, suspiró dramáticamente. Ella le decía Mariachito. Quizá era uno de los proveedores de la tienda. Le creyeron. No llegaron a establecer, eso sí, la identidad del gordo, aunque recabaron confirmaciones de amigas de la desaparecida que validaron la descripción física, el apodo y hasta el detalle errado de la profesión comercial del presunto amante, ni pudieron dar con más pistas.

La inteligencia de la policía no daba para un *show* televisivo.

Tras el apresamiento del Concho, que siguió a través de los periódicos y la radio, le sobrevinieron unos días sórdidos, desesperantes. No lograba dormir, se ha dicho ya, ni siquiera bajo el influjo de hipnóticos y las horas le circulaban la cabeza como zánganos imbatibles. Ni se le ocurrió mencionar al Concho ante la policía porque tenía miedo de que su cercanía con la difunta terminara por hacerlo pasar por sospechoso y su siguiente escala fuera en prisión.

La familia, que le había aplicado una ley del hielo casi implacable desde que pasó lo del Richie, dio otros quince pasos atrás. Lo llamaban «el taradito de los gachupines» y dieron por sentado que la huida de Catalina había sido un modo de comunicarles que era un indeseable: curiosa interpretación de la actitud de una mujer que lo único que mostró por él fue deseo.

A Omar le quedaba, sin embargo, el dinero distraído al Mariachito, que estaba a su nombre, no era poco y duraría algún tiempo. Y dos cosas más: el número de Juanita, la de Madrid, y el ignoto sobre de color manila que había recuperado de la tienda antes de huir.

Con el vodka y el jugo de naranja por consejeros terminó por pulsar el número anotado en su agenda. Juanita resultaba ser una pariente lejanísima (eran, vaya, primos terceros, grado similar al que une al *Homo sapiens* con el mono cola de león) pero no se le ocurría otro hombro sobre el cual llorar.

Ella había nacido en Colombia, donde su abuelo, Guillermo Almansa, se asentó con una importante fortuna en los años cuarenta. Era, pues, una bogotana con voz meliflua y aire de formalidad. Lo trataba de usted. Sabía que algo pasaba, dijo durante su primer diálogo, porque Catalina, la pobre, ya no respondía. Tengo pegado al teléfono cada mañana a un cliente suyo, mío en realidad, al que le dimos como resuelto un asunto que no terminó de salir. ¿Un asunto? Una venta, pues. ¿Usted sabe algo de eso?

El teléfono de Juanita nunca sonaba más de una vez. Era como si tuviera el aparato conectado al oído interno y el repiqueteo la sacara de quicio y tuviera que evitarlo de cualquier modo. Omar reconocía de inmediato la voz, que saltaba apenas terminados de teclear los números y tras un instante de crujidos en la línea: era suave, eficiente, sin un pelo de acento ibérico. Nunca reflexionó en ese detalle, tan significativo para alguien que había vivido en Madrid por veinte años. (A su madre le pasaba al revés: no dejó de cecear en cincuenta inviernos de residencia mexicana.)

Pero usted sigue aterrado, dijo Juanita luego de escucharlo balbucear. Omar le había referido el interrogatorio policial con la misma sinceridad pasmosa con que le contó el destino de Catalina en su primera llamada: estaba muerta, su cuerpo enterrado sabría Dios dónde, su tienda cerrada y la policía, tras la huella de un amante al que jamás iba a encontrar. Usted está aterrado, repitió, y era un dictamen certero. Más vale que venga para acá.

Recuperó el paquete manila del fondo del apiladero de libros, cuadernos y folletos de agencia. Abrió la bolsa plástica y destrozó la envoltura. Esperaba comprender la ansiedad de su prima tercera y hallarse una buena dotación de documentos secretos, fotografías comprometedoras, planos de edificios encubiertos del gobierno o el crimen organizado. En lugar de eso dio con unos papeles escritos a máquina, amarillentos y tapizados por multitud de enmendaduras y apostillas en letra pequeñita y minuciosa. *La cordillera*, rezaba la hoja inicial. Omar quiso leer más al percatarse de que era una especie de narración pero terminó por enredarse con las correcciones y no entendió nada. Al fondo del sobre encontró una nota manuscrita: «La dejó lista [allí] antes de volver con su mujer». Carecían de firma.

La prima tercera brincó al otro lado de la línea: su resoplido era triunfal. No sabe usted la cantidad de plata que van a darnos, repetía, no confíe en nadie, ni siquiera en la paquetería más famosa y cascabelera y tráigaselo acá. Celebró con bendiciones a todos esos santos y vírgenes en los que no creía cuando Omar le comunicó que, de hecho, tenía en la mano el boleto para Madrid y saldría de inmediato porque estaba harto del departamento alquilado, de su propia inmundicia, de entrever la sombra del Concho a cada minuto, en cada rincón.

Las palabras se le agolparon en la lengua a Juanita: el cliente mandó buscar hasta la tienda de ustedes y no me gusta la insistencia; ahora lo citaré aquí, repítame el día que llega para organizar el encuentro y tomar las seguridades de rigor. Corra. Mejor: vuele.

MADRID, 1936

QUÉ PUTA VENTOLERA, MASTICÓ YAGO, TEMBLEQUE como un gato frente a la estufa. El funeral se pobló de fauna solidaria, desde viejunos del sindicato hasta jovencitos golpeadores, y no faltaban enlutadas ni tipos de mediana o provecta edad que ocultaban bajo la solapa un botellín de alcohol, coñac infecto que bebían a sorbos o le añadían al café porque el frío era garrafal y los corroía.

El cuerpo de Ramón, enjuto, vencido, yacía en un cajón y unos ornamentos de flores secas y la enseña rojinegra del anarquismo lo enmarcaban. No había veladoras con santos o vírgenes, ni una sola, sólo cirios y un par de velas zambutidas en botellas e insuficientes para iluminar la estancia. El andaluz, a petición de Del Val, les facilitó la taberna porque no se había reunido suficiente dinero entre los suscriptores de *Prensa Obrera* para organizar un velorio en forma. Habían apilado las mesas en los rincones y colocado las sillas en formación escolar frente al féretro, que, a su vez, reposaba sobre tres tablones apuntalados por algunas de esas cajas de madera en las que se despachaban las coliflores.

León apareció tarde, acompañado por un empalidecido Del Val y un pestazo a licor que echaba de espaldas. Las barbas crespas y las maneras hurañas certificaban el tamaño de su borrachera. Se había entregado al coñac desde que su amigo le fuera a avisar que Ramón estaba muerto y sus rezongos se encargaron de mantenerle apartada la concurrencia. Alguno de los viejos recordaba sus hazañas en las trifulcas sindicales y hubiera querido abrazarlo pero nadie se atrevió a acercársele.

Al viejo lo había encontrado la María. Cayó recostado sobre un brazo que todavía aferraba la pluma, la cobija de lana escurrida de los hombros, los pies huidos de las zapatillas como hielos que arañaban la duela. Había sangre en la mesa y sobre el cuaderno un reguero que había dejado ilegible su texto final (fue un coágulo, opinó el médico legista cuando le llevaron el cuerpo al tanatorio, o un aneurisma quizá, vaya usted a saber, y escribió «crisis pulmonar» en el renglón correspondiente del acta).

Yago le pasó el paquete de tabaco a Guillermo. Por la cabeza del primo, avisado del óbito por el sereno de la vecindad donde vivía con la Ana, desfilaban los años. Ramón, después de todo, los había recibido al regreso de Marruecos y protegido del acoso de los señoritos y la policía, les suministró contactos en Italia cuando todo se puso mal, por allá del año treinta y tres, y se encargó de ayudar a reunir el dinero para el sepelio de la madre de Guillermo en su ausencia... Pero lo principal es que los había presentado, a la vuelta, con el círculo de Durruti, el anarquista.

Del Val, que era en el fondo un señorito, no quiso involucrarse demasiado pero al calor de las palabras de Durruti, aquel tipo con mirada oblicua de chino y entrañas de catequista bueno, León y Guillermo dejaron aparcadas sus convicciones (o su falta absoluta de ellas) y conocieron la verdadera disciplina. A Ramón lo ponía loco de felicidad que gente como ellos, con balas y leguas a cuestas, militara. Era como si la virulencia de sus puños y los tiros de sus pistolas hubieran adquirido un sentido filantrópico.

La Ana, sombría, trajo buñuelos de la calle y un jarro de agua y comenzó a hacerlos circular entre los presentes. Guillermo la había conocido unos meses después de la muerte de su madre, en una reunión sindical (en las que, hay que aceptar, solía destacarse en un rincón, estirar piernas, subir solapas y roncar como bendito) y congeniaron. Había perdido, Ana, un hermano en Asturias, tiroteado por el delito de ser minero y pobre, pero aun así cantaba, cantaba como un jilguero y, luego de que pasearon por la Casa de Campo y cenaron en una churrería, se fue a la cama con él en vez de torearlo, como las otras.

Una como tú quisiera León, le dijo Guillermo cuando se mudaron a una pensión cerca del Rastro, en vez de la procesión de putas que le tocó. Y la Ana, con esos ojos de vaca suyos (la descripción era propia), reía: la puta es él, que se busca coños y no señoras.

León, entretanto, dormía.

Durruti llegó a las cinco de la mañana, el ceño fruncido y un pistolón a la cintura que todos notaron cuando se quitó el abrigo. Lo rodearon decenas de camaradas y recibió abrazos y vivas como si con su arribo se le pusiera remedio a la noche funesta. Algunos exaltados comenzaron a entonar el himno sindical:

Negras tormentas agitan los aires
nubes oscuras nos impiden ver

y aunque nos espere el dolor y la muerte
contra el enemigo nos llama el deber

Durruti, que había querido a Ramón con ese amor desmedido que deparaba a los dignos, los acalló con las manos, el rostro empeñado en una mueca de «no jodan, compañeros» que disuadió a los más encendidos. Hizo que lo condujeran ante la María y antes de que pudiera ponerse en pie se acuclilló a su lado y le tomó las manos con las suyas, que eran como hogazas requemadas.

Y no le dio el pésame sino habló de su propia juventud, de la época en que comenzó a leer los pasquines de *Prensa Obrera* y los alegatos de Ramón en contra de lo humano y lo divino, desde Jesús el Cristo hasta el sifilítico del rey. La María, que se había mantenido atontada y serena, lloraba. Durruti le recordó el piso viejo, el de Chamberí, y las corrientes de aire que lo azotaban porque nunca hubo dinero para tapiar las ventanas ni los socavones de la edificación; recordó a su padre y madre, atentos y jóvenes, niños casi, y omitió que una noche, en un tiroteo contra los guardias civiles, dejaron de verlos y la María se quedó para siempre con Ramón.

Tenía, Durruti, la frente licuada por el sudor, los labios esforzándose por cubrir sus dientes patituertos y evidentes, y no le había soltado las manos. Hablaba con prudencia porque tendía a escupir. Los periódicos de la burguesía coincidían en tildarlo de bandolero, asesino, patibulario y sus cejas pobladísimas y sus mejillas nunca suficientemente despejadas de grisura les parecían prueba irrebatible de unas inclinaciones trogloditas. Bien podría tenerlas y quién lo sabe. Esa noche, sin embargo, era el amigo apasionado y estaba tan triste que sonreía. Se puso en pie al fin y caminó a donde León le extendía una botella. Pegó un trago y le dio un abrazo que reconocía y gratificaba las reyertas compartidas.

Cuando se marchó, porque en Madrid no estaba a salvo y prefería la comparativa tranquilidad de Barcelona, a donde saldría en el primer tren, fue como si a la congregación le hubieran sacado la sangre.

La María volvió a guarecerse en el hombro de Yago; los dolientes se excusaron y comenzaron a marcharse. Era ya de día y las mujeres se encargaban de repartir café con leche entre quienes resistían, cuando llegó el andaluz a dar aviso: en el portal habían aparecido unos tipos de otro sindicato, con paños rojos en el cuello, y preguntaban por el velatorio de Ramón.

Al primero que distinguieron fue a Benjamín Lara. Flaco, nudoso, el cabello al rape como un militar, estaba perfecto en el papel de heraldo. Tras él, rodeado por una corte de fieles serios como reses, avanzaba Pablo Yagüe, una de las cabezas comunistas de Madrid. Un mechón de cabello le tropezaba la mirada. Jovencísimo, robusto, grave como un embajador, estaba allí, dijo sin levantar los ojos del suelo, para presentar sus respetos.

León bufó y se forzó a salir a la calle. Los presentes, anarquistas y sindicalistas viejos en su mayoría, se congregaron en torno de la María, quien, abrumada, parecía incapaz de levantarse pese al brazo de Yago, que la jalaba. No había ningún amor entre los visitantes y los amigos del muerto; mucho menos entre la chica y el tipo que la abrazó como un enamorado y se empeñó en repegarle el cuerpo. Era, Lara, tan obviamente grosero que Yagüe, acosado por la mirada descompuesta de Del Val, tuvo que darle un tirón de camisa para llamarlo al orden.

—Somos de toda la vida –justificó el tipo antes de retraerse a la sombra del superior, quien, avergonzado, se limitó a pronunciar unas frases lerdas e imperceptibles y ni siquiera se atrevió a ofrecerle la mano a la nieta. A sus espaldas, su acólito sonreía con los ojos clavados en Yago.

Su amistad, que fue un malentendido propiciado por la vecindad, los juegos de la infancia y el común apetito púber por las piernas de la vecina, se había reblandecido a medida que Lara se distanciaba de Ramón y se encendía con los discursos de esos padres carniceros que se habían vuelto comunistas en medio de la agitación del matadero. La ruptura vino por la María, sedosa y lista, que luego de jugar con ambos, o al menos eso se dijo Lara, se inclinó hacia el pequeño Yago porque la miraba con fervor y era capaz de ponerse a imprimir panfletos toda la noche para que ella durmiera en lugar de espiarle los muslos cuando se encaramaba al banquito de la cocina, como el otro.

Había elegido a Yago, pues. Lara lo sintió como un escupitajo y, categórico, los declaró enemigos del pueblo y dejó de presentarse en el piso. Cuando sus padres tuvieron un incidente con la policía, durante la huelga de mataderos en el año treinta y dos, se largaron del edificio. No fueron extrañados. Suficientes preocupaciones tuvo Yago cuando la tía Luz murió, mientras los mayores estaban en Italia, y tuvo que rogarle ayuda a Ramón y encargarse de sepultarla del modo más decoroso posible. Ahora, con sus aires de lobo serrano, Benjamín Lara le decía que su discordia sería perenne.

El jefe comunista dejó de soportar el mutismo y las miradas de desprecio una hora después. Insinuó su adiós con una inclinación de cabeza y el séquito se precipitó tras él. Todos menos Lara, quien no movió un milímetro los pies y, se diría que coqueto, dedicó otra mirada de cuerpo entero a la María. Cuando al fin dio la vuelta, Yago se fue tras él. Quería tirarle los dientes por el piso.

Su viejo amigo, avieso, lo esperaba a dos pasos de la puerta. Navaja y ojos azules.

—No te olvidaste de esta, merluzo —salivó mientras le situaba la hoja contra el pecho.

Aquél fue el primer momento en que la vida pudo desvanecerse bajo sus pies como un tapete jalado por manos enormes.

No sucedió.

Unas manos entraron en escena, sí, para tomar a Lara por los hombros y arrojarlo por los aires como un saco. Fue a dar a la calzada, varios metros allá. Yagüe y sus compañeros se volvieron, alarmados, pero el chillido inerme del camarada los hizo dudar de que aquello se tratara de una agresión y no de una mera pataleta. No se atrevieron a intervenir.

La sombra de León Almansa cubría a Lara y él, derribado, reía como un loco. Recogió la navaja y, renqueante, se alejó hasta alcanzar a los suyos. Yagüe lo recibió con reproche. Se alejaron trenzados en una discusión bisbiseante que parecía la de unos escolapios. León volvió a la taberna sin concederle una palabra a Yago, quien seguía derretido contra el muro.

Del Val, con su bigotito de espadachín y la ropa mejor cortada de todo el lugar, apareció en silencio. Contrariado, como disculpando a León por el desdén con que lo despachaba, ayudó a Yago a incorporarse. Le sacudió los hombros y le recompuso las solapas. Sin decir palabra, extrajo una licorera del gabán y se la ofreció con ademán de caballero. Era un coñac fortísimo. Yago tosió al pasarlo. El vientre le ardía de rabia y miedo. La sensación no lo abandonaría.

MADRID, 1997

UNA MEZCLA ATROPELLADA DE MEMORIAS FAMI-
liares, retratos entrevistos en folletos y una atmósfera inasible que le impedía sentirse en casa, aunque
se le había profetizado que lo haría. Eso era Madrid. Y quizá
lo era porque todos tenían ganas de gritarle, desde las aza-
fatas hasta los maleteros del aeropuerto (chinos con acento
de cantantes flamencos), sin descontar a los taxistas neona-
zis y la dueña del hostal, quien lo escrutó largamente y lo
obligó a refrendar su petición de alojamiento cinco o seis
veces hasta comprobarle a plenitud que no era peruano. Le
dije que soy español, gruñó Omar, pasaporte en mano, y me
vale cinco toneladas de verga lo que piense de los peruanos.
Español no eres, crío, que aquí pone que naciste en México.
A saber por qué te dieron el papelajo, rezó ella. Hubiera
querido aventarle un puñado de monedas a la jeta para que
la cerrara pero se contentó con arrebatarle la llave de la recámara y subir a empellones la maleta y la mochila que conformaban su equipaje.

La cama tenía una base de resortes expuestos que hicieron rebotar las valijas y casi las lanzaron de vuelta a sus brazos. Del adoquín junto al retrete manaba un hilo de agua y
por los agujeros de la cortina se entrometían los rayos del

sol. No había caja de seguridad, por supuesto, y su falta de confianza en la hostelera lo obligó a buscar escondite, en el interior de la cabecera tubular de la cama, para su pasaporte y el dinero que había cambiado en el aeropuerto. Maldijo a Juanita por la recomendación de alquilar ese agujero en lugar de un cuarto de hotel. Estará usted mejor allí, no vale la pena gastarse en alojamiento lo que podría usarse en cañitas, había advertido ella.

Salió a la calle. Los árboles eran una masa hirsuta que recordaba los manchones de vegetación de los cuadros que su madre solía colgar en el comedor. La ciudad que gobernó aquel vetusto imperio donde no se ponía el sol le parecía una maqueta: el hostal, una casa de muñecas; los edificios, altos y estrechitos, libros en un estante; los automóviles, diminutos y despaciosos como tortugas; las calles se cruzaban en tres patadas. La muchedumbre de ancianos atildados que ocupaba las banquetas lo miraba sin asomo de cordialidad.

Su madre solía decir al arroparlo en la cama, cuando niño, que su apariencia era tan madrileña como la del rey (y su padre, que a escondidas era un descreído del fervor monárquico de su esposa, se reía, y le decía que el rey era italiano y la corona de España le daba más o menos lo mismo que la de Birmania si se la hubieran ofrecido). Pasó la infancia convencido de esa idea, que parecía un consuelo en Zapopan pero en Madrid no compartía nadie.

Alcanzó la dirección de Juanita tras un paseo por las proximidades del parque del Retiro. Se detuvo en dos bares con la intención de beber pero no se decidió a pedirse nada y los meseros, al tanto de su titubeo, lo ignoraron. El comercio en Madrid no se regía por las formas usuales de la cortesía ni las procuraba siquiera, sino que era ejercido por patrones estentóreos y empleados indiferentes, como esa chica de la línea aérea que, al pedirle una simple referencia sobre la banda de equipaje en la mismísima puerta del avión, la negó con un simple comentario: «Ese es su problema y de mi empresa: mío no». Majadería zen.

El edificio de Juanita era una ruina, versión decadente de unos vecinos recién remozados y pintados; el portal que se correspondía al número no tenía indicación de interiores y se vio orillado a pulsar el único timbre y esperar cualquier respuesta. Una mujer, con fastidio, asomó por un ventanuco para reprocharle: no esperaba visitas y un solo timbrazo equivalía a llamar a su piso, que era el primero. ¿Iba el imbécil del visitante en busca de los del sexto? Pues que timbrara seis veces, como era menester. Desapareció con un bufido que no dejaba lugar a respuestas y certificaba que Madrid estaba en permanente empeño para lograr el mal humor platónico, ideal.

Juanita era canosa, flaca, con sonrisa de Gioconda. Vestía pantalón negro y una camisa de botones que nada tenían que ver con los vestidos de escotes urgentes que Omar imaginó al escuchar su voz instruida y colombiana. Tendría unos cuarenta y tantos años, era pálida y remataba su aspecto con unos lentes rectos. Se parecía más a un rockero culto que a la bailarina de salsa que Omar se arrepentía de haber construido en la imaginación, quizá con la esperanza de reanudar su idilio con las mujeres mayores interrumpido a la muerte de Catalina.

Bastó dar una mirada a Juanita y sentir esa mano callosa estrechándole la suya para advertir su error. La prima tercera, o lo que fuera suyo, subió a zancadas, haciendo sonar sus botas y sacándole dos vueltas de escalera al sofocado Omar, que la seguía a la distancia, dando miraditas al elevador de reja que a cada piso parecía reír de sus esfuerzos.

Dedujo, cuando al fin logró llegar al sexto y entrevió el umbral, que ella se limitaba a ignorar el elevador y subía y bajaba de la calle y ayudaba así a su cuerpo a mantenerse enjuto y eléctrico.

Omar había dormido mal por semanas, pasado días enteros hundido entre sábanas percudidas, y acababa de llegar a la ciudad luego de un vuelo que, con todo y escalas, se llevó al carajo veinte horas de su vida. Todo esto pensaba para consolarse de que Juanita le hubiera sacado cincuenta escalones de diferencia y estuviera ya tras su escritorio, sin huella de fatiga, cuando él se arrastró al sofá del saloncito de entrada y se derrumbó.

A la prima la enmarcaba un ventanal que asomaba hacia unos muros con costras de tizne que se despeñaban hacia un patio interior. La brisa comenzó a escupirse como llovizna en los cristales y Omar estrechó en las manos la mochila, a salvo del agua por mera casualidad. Debió metérsela en la chamarra y acunarla, pensó.

Juanita ofreció café y lo sirvió en un vasito de metal. No era el polvo soluble que Omar acostumbraba, sino un residuo fangoso, oscurísimo, que cualquiera con unos viajes encima habría relacionado con el origen bogotano de la anfitriona y que descendió por su garganta con una discreción similar a la de un tigre. Aunque al final le reconfortó el estómago, Omar debió contenerse para no pegar de gritos y mantener el buche en la boca.

La mirada de ella, amistosa y todo, no era de paciencia y la sonrisa se acompañaba de una elevación de cejas que significaba «abre la puta mochila». Antes, sin embargo, fueron capaces de portarse a la altura, como los Almansa que eran, e hicieron un repaso de los antepasados comunes, nacidos en los alrededores de Toledo y recriados en Madrid en mitad de dos guerras (la de Marruecos y la Civil, a cual más desastrosas) y toda la serie de incidencias en que los nacidos en América habían sido instruidos desde la infancia: la noche del blocao, el cuchillo de Lara en el sepelio de Ramón, el robo del oro y el paso del Atlántico (allí las ramas se dividieron, perdiéndose una en México y otra en Colombia).

Cambiaron, pues, las cartitas del álbum de recuerdos y el café se agotó y hubo que elaborar más (con aparatos que incluían un molinillo, una prensa y una vasija que arrojaba chorros de vapor por tres tuberías) y escanciarlo. La luz comenzó a menguar en los ventanales y aumentó la lluvia, que golpeteaba rítmicamente y llegaba a salpicarlos a través de alguna rendija en el cristal.

Ante Juanita confesó Omar su flaca mexicanidad, su españolidad nula y su esencial miedo ante la vida con palabras que nunca antes tuvo en la mente o la boca y parecían salirle de las tripas. Ella lo escuchó con algo que podría ser descrito como diversión o piedad, justificada en ambos casos por un gesto mordaz y cálido a la vez.

Lo que está mal con usted es sencillo, dijo al fin. Usted, como yo, es un gatonejo. Una cosa que nació en un lado pero con los pies en otro y sus patas no se corresponden con sus orejas. Gatonejo: eso, una cruza, un bicho. Se siente raro con unos y otros y es verdad. Eso no se quita pero tampoco tiene importancia. Se acostumbra uno. Imagíneme a mí, en Bogotá, enemiga de la humedad y la altura, que de las dos hay a pasto, solita desde pequeña y detrás de las chicas lindas de allá, que son todas. Dígame si no es una tragedia. Pero me fui porque vivía tan incómoda que no dormía y acá resulta que topo con esta gente que grita por todo, no es capaz de decir buenas noches y se piensa que uno es delincuente al mirarle nomás el pasaporte, como si no nos hubieran saqueado los hijueputas, eh, que mire que robaron. O los robamos, sí: esa es voz de gatonejo, que cada vez que le lloran por unos se emperra por los otros. Por eso no nos quiere nadie, primo. Por eso nos vamos.

Omar se prendó de su prima tercera con el amor cándido de los niños por sus mayores, despojado de carnalidad y teñido de envidia. Juanita tenía una explicación para todo porque, al contrario que él, había prestado la suficiente atención a las historias familiares. Desde que se había mudado (o retornado, desde el punto de vista de la identidad familiar), estaba dedicada a reconstruir la historia de los Almansa, husmear por los sitios donde vivaquearon, reunir recortes de prensa o fotocopiarlos, encontrar referencias. Escuchó las anécdotas españolas atesoradas por la familia de Omar con atención pero supo agregarles giros y elucidaciones que él mismo desconocía, ya fuera por sordera selectiva o mala memoria, ya porque su madre ignoraba los antecedentes que Juanita había conseguido establecer.

Era propietaria, además, de una colección de retratos mayor que la que estuvo en casa de Omar (y se había ido a la basura junto con los objetos que pertenecieron a sus padres). Pequeñas fotografías sepias o blanquinegras pegadas con engrudo en unos álbumes con pastas de piel blanda y páginas de cartón cosidas, en las que alguna mano del pasado escribió fechas y nombres con caligrafía de la época y plumilla de tinta china.

Pudo ver la sonrisa y las piernas de su abuela en la época en la que habían vuelto locos de lujuria a los hombres incluso si las metía en pantalones de miliciana; y también una pierna menos atractiva, la del abuelo Yago, aún funcional en una imagen en la que, en calzoncillos y caña de pescar, se encontraba en una charca junto a Benjamín Lara, su futuro perseguidor. No sabía o había olvidado Omar que Lara fue vecino y amigo de su abuelo y por eso se perfeccionó entre ellos un odio que se inició en la competencia por la abuela y prosiguió a lo largo de batallas y exilios hasta que corrió la sangre.

Fascinado, la mesa, el pecho y los muslos tapizados de retratos que daban cuerpo a las antiguas imaginaciones, Omar no supo en qué momento Juanita se hizo de su mochila, que había apartado para concentrarse en la revisión del material, y abrió el paquete con el manuscrito.

Llevaba ya un puñado de hojas recorrido cuando, sonrojada, fue descubierta. Usted no sabe lo que vale esto, no tiene idea, fue lo primero que dijo, porque ignoró la mirada incómoda de Omar y volvió al texto, no sabe nadita de esto o estaría dando brincos hace un mes. Omar decidió que no quería saber: suficiente asombro le causaban las caras color sepia de sus antecesores como para interesarse en lo que un desconocido de quién sabría qué parte del planeta había escrito en aquellas páginas quebradas.

Las cejas de Juanita volvieron a elevarse. ¿No quiere saber? Pero si este hijueputa era el perro más meón de su vecindario. Este libro vale porque se suponía que no lo escribió, que se le quedó atorado, los editores se lo pedían porque sus otros libros, que eran chiquiticos, le gustaban a todo santo. Y él, que era bebedor, no fue capaz de escribirlo y se murió sin lograrlo nunca, según se sabía. Pero alguien me vino a decir hace años, en Alemania, que no, que el fulano lo escribió en una escapada de su casa. Para entonces era un tipo importante y los españoles y los argentinos lo traían en hombros. Y él bebía y su familia, allá en la tierra de usted, se torcía las manos porque gastaba el dinero de cualquier modo. Y en una ocasión se topó en un congreso con tamaña brasileña, no una de esas negras con nalgas de yegua sino una medio europea, pequeñita, que se lo llevó. Como lo oye usted, agarró al borracho y lo convenció de irse a su casa, preciosa de blanca y a dos calles de la playa en un pueblito del norte, lejísimos de Río y los carnavales. Y me imagino que era generosa para hacerle cositas porque el tipo terminó el libro en un verano, esa novela en la que llevaba metido los años y sin avanzar y ella la transcribió a máquina y todo, para que él la corrigiera.

Pero la familia, esposa y unos hijos entonces adolescentes contrataron a un abogado y él a unos golpeadores que se presentaron en la casa de la chica y la dejaron irreconocible, comatosa, hecha gelatina. Y se llevaron al borracho a los brazos de su legítima. En casa de su seductora quedó este manuscrito y nadie lo encontró porque nadie lo buscaba. La sirvienta no supo entenderlo porque estaba escrito en un español que no se parecía al de sus amigos paraguayos. Se lo vendió por unas moneditas a un profesor de la escuela y él lo metió a un cajón.

El primero que supo que podía valer fue uno de sus alumnos, argentino, que lo tomó equivocadamente por obra de otro. Consiguió cambiárselo al profesor por un par de botellas de vino y, en un viaje que hizo a México, le sacó doscientos dólares a un comerciante de libros viejos. Mi cliente estuvo a punto de encontrarlo entonces (llegó a ver una hoja fotocopiada en el catálogo del vendedor) pero tuvimos el tino de que yo lo descubriera primero y le rogara intervenir a la Catalina.

Y, bueno, la recuerda usted, me imagino: cachonda, con ese culo como para mover ejércitos. Se le presentó en la tienda al tipo y ofreció menos de quinientos dólares. Y valía cien veces eso, sabe usted. El comerciante se hizo del rogar pero al final, quién sabrá mediante qué artes, cedió y le envió el sobre dichoso, este paquetito que me trajo usted.

Omar asintió sin escuchar. Estaba perdido entre recortes y fotos, y la novela, el dinero y la historia del hombre que no era su pariente le valían directamente madre.

Fue entonces cuando Juanita le dijo que lo iba a hacer ganar con ese manuscrito piojoso más dinero del que hubiera recibido como dependiente en la tienda de Catalina en treinta años, aunque Omar fue lo suficientemente imbécil como para no descomponerse al saberlo. Parpadeaba y se le quedaba la boca abierta y poco más.

El cliente apareció a los dos días. Era flaco y sus barbas híspidas le daban un aspecto de suciedad rebatido por su traje impecable y el aroma de perfume con que los impregnó. Dijo llamarse Juan y sonrió con más dientes que alegría cuando la vendedora lo llamó tocayo. Los busqué mucho tiempo allá en Guadalajara, comentó sin aparente intención de incomodar. Nos preocupamos cuando supimos que la dama de la tienda había desaparecido. Juanita lo distrajo con la historia del manuscrito y el cliente se embebió en anotar en una libretita con guardas de cuero las fechas o nombres que saltaban aquí y allá. Asentía con la cabeza incluso cuando estaba en desacuerdo (su teoría era que el autor no había sido seducido sino dominado con medicamentos y alcohol y, por tanto, secuestrado). Su voz, las pocas veces que se le escapaba de los labios, era un hilito agridulce, más femenino que masculino y cargado de esa autoridad que suele tener una voz de mujer.

Pagó con un cheque que extrajo, doblado de manera simétrica y ya firmado, del bolsillo del saco. A la cantidad solicitada había agregado una propina porque también tenía la petición de que la historia trascendiera lo menos posible. No se trata de que no hablen nunca, claro, eso no tendría caso, incluso pudiera ser que tuvieran todo fotocopiado: lo sé y no importa (acertaba, porque Juanita era mujer prudente y desconfiada). Este dinero va con la esperanza de que dejen el asunto aquí, en este punto. Tenemos los derechos del material y si comienza a circular una copia o, peor, una versión que contenga las anotaciones, sabremos que fueron ustedes y procederemos en consecuencia. Su voz, como atontada por un calmante, no terminaba de subir, pero era categórico lo que prometía y lo hacía en un lenguaje tan legalmente puntual que resultaba claro que un abogado lo había preparado para el momento.

No se preocupe usted, nos importa un pito lo que hagan, quédese tranquilo, lo menos que queremos es un problema, dijo Juanita y la sonrisa se le había terminado. Se puso de pie sin ofrecerle otra taza de café y sin volver a mencionar que llevaban encima el mismo nombre. Le extendió la mano luego de guardar el cheque en el cajoncito y le entregó, en respuesta, un documento de privacidad. El cliente lo analizó con esa mueca brava suya y, guardándose el papelito, dio las buenas tardes y se marchó.

Qué tipo extraño, dijo Omar con un resoplido que era, en realidad, excitación ante la perspectiva de la fortuna que estaba por caerle en las manos. Juanita, que ya estaba marcándole por teléfono al gerente del banco, lo miró con reproche. Usted no mira a través de los ladrillos. Este tipo era pariente del borracho, seguro, y el libro no va a aparecer nunca, lo querían para guardarlo o quemarlo, al menos en vida nuestra no sabremos de él. Si algún día le comienza a trabajar el cerebro, acuérdese del título y el apellido, porque lo verá en calles y bibliotecas.

Omar tenía demasiado con sus propios asuntos: hizo un gesto de aceptación pero seguía tercamente metido en su cabeza.

Bueno, quédese al margen y lávese las manos si quiere, se frustró Juanita. Y ahora vámonos a tomar un vinito y a ver muchachas, para ver si se le sale el diablo del cuerpo, gonorrea.

Madrid y campos de Aragón, 1938

La María y Yago se casaron un mes de enero, en plena Guerra Civil. Tenían ya una niña de tres años y un nene de unos meses de nacido. No hubo cura, desde luego, porque ninguno creía en amigos imaginarios celestiales, pero sí un oficial y testigos elegidos a dedo entre los sindicalistas. Pocos de ellos que no fueran ancianos o mujeres, e incluso de éstas ya casi ninguna, quedaban en la ciudad. Tantos compañeros habían muerto que ya no mencionaban el tema en las tertulias.

La boda respondió, en realidad, a un detalle, casi una curiosidad que les fue referida por un periodista mejicano, un tipo gordo y de nariz ganchuda quien, en busca de charla y coñac, solía asomarse por el piso donde imprimían cada día con mayores dificultades los panfletos de *Prensa Obrera*.

—Si se exilian, cásense antes o les sacan a los niños en cuanto pongan un pie fuera de España –les dijo mientras arrojaba humo por la nariz como un dragón amenazador. Una pareja sin casar pero con hijos era fácilmente detectada como comunista o anarquista y se exponía, remachó–. Ya no quedan curas en Madrid pero algún oficial querrá llenarles la cédula.

La posibilidad de que les hurtaran a los críos los decidió. Yago preguntó en el sindicato y los de la oficina social le dieron a leer una tabla de requisitos para una boda civil, que eran mínimos en medio de los bombardeos y el pánico diarios, y pronto tuvieron apartada una fecha. Ninguno poseía galas ni dinero como para mandársela coser pero una compañera del sindicato había sido empleada de unos almacenes y conservaba alguna ropa arrancada de las garras del incendio que los destruyó. Indumentaria absurda para un casamiento: pijamas de seda, batas con cordones, kimonos como para ataviar en una verbena a las geishas del embajador nipón. Se eligió un traje brillante de japonesa la María y Yago un pijama negro, elegantísimo.

Así, como danzarines de carnaval, se presentaron una noche en la taberna del andaluz. No hubo más invitados que el oficial, los testigos y una punta de amistades, así como Del Val, quien estaba por huir de Madrid pero apareció a última hora con la dote: una cupletista colgada del brazo, una ronda de músicos a las espaldas, una caja de botellas de cava que sólo podía ser producto de sus apaños con el estraperlo, su frac de cantante de ópera encima y una risita chulesca de salvador. Yago y él se abrazaron como generales tras la batalla.

—Esto no me lo pierdo, cabrón. Vas a ser el primer madrileño que se case en pijamas.

Pero soy tan inocente
que no acierto a comprender
para qué es la vaselina
ni en qué sitio la pondré

Un coro de risotadas festejó a la novia de Del Val, quien se encargó de despachar los cuplés infaltables en las cachupinadas matrimoniales para sonrojo y placer de las recién casadas. Bebieron, bailaron algunas piezas animadas por la voz de la tonadillera y compartieron un guiso con poca sustancia y muchas patatas confeccionado por las amigas de la María. Los niños, al cuidado de una vecina, se quedaron en casa.

Esa noche milagrosa ninguna bomba cayó del cielo y las sirenas de alerta durmieron. Cuando el cava fue apurado y la cupletera se aburrió de cantar intercambiaron abrazos y apretones de mano y se fue cada cual por su lado. Un piquete de sindicalistas escoltó a los esposos para que ninguna cheka fuera a pensarse que eran burguesitos de juerga, como aquellos que salían en autos negros a dispararles a todos los que se toparan en su camino y que formaban el eje de la quintacolumna fascista en Madrid.

La noche de bodas fue casera, enardecida, aunque también un poco una broma dadas las circunstancias, y las actividades que se registraron en ella debieron realizarse de manera silenciosa para no despertar a los niños. Yago no logró adormilarse jamás y cuando su mujer se dio la vuelta y comenzó a roncar se acodó en la ventana para mirar los árboles pelados y glaciales y el vapor que brotaba de las cloacas. La ciudad en que había vivido desde la infancia, cuando sus padres murieron y la tía los hizo traer de Toledo, le parecía una hoguera a punto de apagarse.

Siempre estuvo Madrid llena de fascistas. No en balde fundaron allí la Falange, esa grey de niñatos nostálgicos de la Edad Media, poetas curados de la tuberculosis por el saludo romano y pistoleros sinvergüenzas (y uno o dos tíos de valor suicida, aceptó Yago, que se habían defendido como señores de las turbas lanzadas a cazarlos).

La ciudad resistió durante casi tres años las embestidas fascistas pero estaba al caer. Ametrallada y bombardeada, convulsionada por las infinitas jaranas entre republicanos socialistas, comunistas y anarquistas, se acercaba al despeñadero. Yago se hizo de una de las pésimas botellas de coñac heredadas a Ramón y corrió el sofá para colocarlo frente a la estufa. La preñó de carbones y la puso a arder. Uno de los niños tosió en la recámara contigua y esperó en silencio a que la carraspera pasara antes de servirse un trago.

Los señoritos, aquellos a los que León y Guillermo desplumaban para que pagaran sus deudas, habían huido en cuanto estalló la guerra, pero volvieron con un ejército a las espaldas, camisas azules en el pecho y en las manos una bandera, la de la Falange, que era roja y negra pero nada tenía que ver con la enseña anarquista que Ramón conoció, llegó a empuñar y que se fue con él a la tumba. La de ellos llevaba en el medio el escudo del yugo y las flechas y estaba al otro lado de las fosas de la Ciudad Universitaria, rodeada por fusiles y cañones. Se escupía desde el cielo con el fuego de las bombas.

Agotó el coñac. Volvió a la cama. Contempló a la María, sosegada y lacia, y decidió que tenían que irse.

El comisario golpeó la mesa con el puño cerrado tres, cuatro, seis veces. Su intento de imponer orden fracasó: el vocerío arreciaba. Algunos querían morir en defensa de Madrid y otros, los que tenían todo por perder, buscaban la mejor manera de largarse. A los Almansa no les quedaban amigos en la ciudad. León y Guillermo habían peleado en el frente pero cuando Durruti murió, en un accidente de tiro del que muchos culparon a los comunistas, ambos marcharon a Aragón. Allá seguían, o eso esperaba Yago, porque aunque hubo un conflicto que terminó con la disolución e integración al Ejército Popular de la mayoría de las milicias anarquistas, no llegó aviso de su muerte y sí alguna carta del primo, llevada por los compañeros que, secretamente, regresaban a la capital, donde los comunistas gobernaban y paseaban como por el salón de su casa.

Por suerte, Pablo Yagüe parecía confiar poco en Benjamín Lara y, pese a mantenerlo en la tropa, no le había concedido poder para acosarlos. Solo de cuando en cuando habían vuelto a topárselo, siempre en reuniones como esa, de «contacto» entre los sindicalistas y sus contrapartes del comunismo local. Estaba allí, por supuesto. Armado, deambulando alrededor del jefe y pasando por alto ostensiblemente a Yago. Pecho hinchado, cabeza altiva y pañuelo rojo al pescuezo: una cabra mimada.

Sabían todos que la guerra estaba perdida, que los fascistas entrarían y era mejor correr. Pero cada reunión resultaba sólo en denuncias que devenían porrazos, cada intento de proponer retirada se hundía en acusaciones mutuas de escamoteo, felonía, falsedad. Las reservas de oro habían sido destinadas a la compra de armas a los rusos, únicos que aceptaron vendérselas, pero el parque escaseaba, nadie había visto los tanques y aviones prometidos y comenzaba a ganar enteros la versión de que el oro se lo había quedado Moscú como un seguro de vida para los comunistas que huirían allí.

La Pasionaria, la puta de la Pasionaria se va a robar hasta las muelas de su madre, decía la María, y lo sostenían en voz baja muchos más. Nos van a vender a los rusos, nos van a matar como mataron a Durruti. (La líder comunista, famosamente, repuso: mis manos están limpias de sangre y de oro.)

La reunión fue un fiasco. Luego del impasible intercambio de salutaciones y de colisionar como carneros unos y otros por horas, Benjamín Lara fue impuesto por los suyos para capitanear el grupo que escoltaría hacia Barcelona un camión con más oro para municiones. No era ya aquel de las reservas del Banco de España, claro, sino el de los sacos de moneda confiscada a los burgueses, así como la joyería y equipamiento sustraído de sus mansiones: crucifijos, candelabros, tijerillas, cubiertos, alhajas, medallitas. Yago se marchó con la simple promesa, arrancada a un irresoluto comisario, de que lo subirían a uno de los camiones de la escolta con mujer y niños.

No era fácil dejar el piso de Ramón y la imprenta, y la María recorrió cada habitación con lentitudes de viuda cuando aceptó que debían liar los bártulos. Si los fascistas entraban no iban a dejarlos en paz, repetía Yago. La *Prensa Obrera* no tendría demasiados lectores pero sobrarían delatores que los señalaran. Había que largarse.

Se proveyeron de comida y agua con los estraperlistas, a cambio de los últimos bienes pasables del piso heredado a Ramón (candelabros, sillas, maquinaria), y así, con unas insignificantes comodidades, se acurrucaron en los furgones del séquito popular y dejaron Madrid. Partieron en caravana un lunes de febrero, por la única vía libre hacia el este, a la hora en la que terminaron los bombardeos.

Cual tiovivo, el camión los hacía sacudirse a cada giro de camino, y rodaban como bolos entre los bultos de víveres y medicamento despachados para las columnas de Aragón. La ruta los llevaría a Zaragoza y, según el plan, dormirían y por la mañana saldrían a Barcelona. Allí tratarían de embarcarse o cruzar a Francia. (Con dinero en la bolsa resultaba posible: la Ana, mujer de Guillermo, se había largado en barco a Colombia hacía ya un año, cuando se hizo indudable que los comunistas no iban a dejarlos respirar.)

Los ahorros familiares, que consistían en un atadillo de francos, porque la moneda de la República no valía ya un carajo, viajaban encubiertos en los calzones de Yago.

El desastre se insinuó apenas dejaron Zaragoza, el martes, y antes incluso de enfilar a Lérida. Primero, aviones facciosos hostilizaron la ruta. Luego se toparon con un bloqueo caminero de unos populares que, aunque uniformados como el resto de su bando, resultaron ser anarquistas. Habían cortado la carretera con una barricada, empuñaban rifles y tenían emplazados un par de morteros por si había que detener algún transporte pesado.

Hubo gritos desde el primer instante de la detención, acusaciones, amenazas cruzadas. Comisario de mierda, le gritaban a Lara, que trataba de conseguir que le abrieran el paso aullando órdenes que nadie obedecía, no los hemos echado a ellos para poneros a vosotros.

Un tipo con uniforme de raso pero bonete de sindicalista apareció en el umbral del toldo que los resguardaba, al pie del camión. Tenía barbas de cabra y el ojo izquierdo atravesado por una rancia cicatriz. Les pidió los papeles de identidad. Sus credenciales lo complacieron y más el par de ejemplares de *Prensa Obrera* que Yago le puso en las manos. Intercambiaron referencias de amigos en Madrid y, plácidamente, como si no los sobrevolaran los franquistas y no estuvieran embrollados en una zacapela entre populares, comentaron tres o cuatro temas y alcanzaron, al fin, la intimidad del futbol. Yago era del Atlético; el miliciano del flamante Zaragoza. La liga estaba en el limbo: quién podría decir cuántos jugadores habrían muerto en las trincheras o se ocultaban, temerosos, del lado equivocado del mapa.

Sonaron dos tiros secos, precautorios. Los comunistas se rendían sin luchar, cansados quizá por anticipado de la refriega que se produciría, eligiendo sobrevivir antes que ser ajusticiados por una carga cuya cumplida entrega difícilmente los beneficiaría.

Hubo, sin embargo, un connato de resistencia. El camión del oro, con flema ridícula, abandonó la fila de vehículos y pretendió ganar terreno hacia campo abierto. Yago lo siguió con la mirada, incrédulo, mientras la María se apretaba los niños contra el cuerpo. El sindicalista corrió para contemplar la refriega que sobrevendría.

Dos hombres en motoneta alcanzaron al vehículo, que había avanzado unos cien metros, y dispararon al chofer. Tres, cinco veces. El camión se detuvo con un quejido de vaca. Del asiento del pasajero bajó a trompicones Benjamín Lara, los brazos en alto, el rostro verde y despojado del puto orgullo. Uno de los atracadores se acercó y metió la pistola por la ventanilla del conductor. Lo mata, pensó Yago, lo mata sin parpadear. Sus compañeros, avergonzados, escondían la mirada.

El sindicalista, pálido, volvió al lado de Yago. Pidió con voz amarga que bajara con su familia para que fueran todos registrados otra vez. Pareció a punto de agregar alguna observación pero prefirió escupir en el suelo. No había nada que añadir. Demasiados combates a cuestas, demasiadas hambres.

Sonó otro tiro. Lara había echado a correr, perseveraba aún en escaparse. Lo dejaron ganar unas zancadas. ¿A dónde coños iba a ir? Yago afinó la mirada porque reconoció, a la distancia, dos siluetas que, cruzadas de brazos y con el fusil sobre el pecho, le resultaron familiares. Eran los que habían alcanzado el camión y acribillado al conductor. Y parecían León y Guillermo.

Volteó hacia la María, que asomaba del toldo de su transporte. No podían saber si la presencia de los mayores allí les beneficiaría o no, porque entre los propios anarquistas había bandos y facciones en pugna.

—Ya los he visto. Tú, callado –dijo la María.

La obedeció.

Tres sindicalistas tomaron preso a Lara, al fin, y lo remolcaron al terraplén donde concentraban a los prisioneros. Forcejeaba como un salvaje cuando lo hicieron arrastrarse frente a las narices de la pareja de sus viejos amigos: los atravesó con ojos azules al descubrirlos y murmuró una bárbara amenaza.

Los anarquistas se afanaban por someter a sus prisioneros y acallaban a hostias y culatazos los reproches que les arrojaban a la cara. Lara, de rodillas y cada vez más temblón, parecía a punto de mearse encima.

Luego de largos minutos de vacilación, Yago, la María y los niños fueron invitados por un piquete para acercarse al punto en el que el camarada a cargo se había instalado a decidir quién regresaría a Zaragoza, quién avanzaría hacia Barcelona, quién más iba a morir. Podrían haber hecho llamar a León y Guillermo y pedir su mediación pero se abstuvieron. El sindicalista de barbas y cicatriz los escoltó.

El jefe de la barricada era un tipo flaco, cansado, con un vaporoso pitillo entre los labios y apariencia desmayada. No sonrió, como los otros, cuando supo que eran los responsables de *Prensa Obrera*. Los regañó por viajar con comunistas y aclaró: el Frente Popular estaba roto, se desfondaba por todas partes, los facciosos avanzaban, estaban ya en Aragón luego de desriñonar las Vascongadas y era una chifladura lanzarse por los caminos con los hijos... Pidió entonces que alguien les diera de comer a los niños, como si le hubieran parecido famélicos. Era un tipo triste y había bebido demasiado.

El miliciano barbas de cabra interrumpió el diálogo y señaló el horizonte. El camioncito del oro estaba en marcha otra vez, con parsimonias de barco enano, y no se encaminaba hacia ellos: huía.

Se lo estaban robando.

El jefe de la milicia parpadeó e iba a abrir la boca para dar una orden cuando tres aviones refulgentes, muy probablemente alemanes, los sobrevolaron.

Una bomba estalló y el poder inconmensurable de su golpe, el golpe incontestable de un dios, sacudió el mapa.

Rodaron por los suelos y se quedaron allí, unos en brazos de otros. La boca les sabía a humo y tierra.

El sonido de las aeronaves, como el de mosquitos gigantescos, punzaba, volvía. Ahora los ametrallaban. La María saltó bajo el camión más cercano, un niño en cada brazo. Yago no pudo seguirla: su pierna había sido alcanzada por la metralla y era ahora un guiñapo de sangre.

León y Guillermo no estaban a la vista: a bordo del camión del oro, se afanaban en repeler con disparos al aire a cualquier posible perseguidor, mientras controlaban volante y acelerador y escapaban.

La barricada era un blanco más tentador para los aviones: siguieron machacándola.

El camioncito se perdió en la distancia.

A Liliana la conoció en la Universidad. De regreso a México y sintiéndose a salvo, pues el Concho estaría fuera de circulación por años incontables, a Omar lo dominó la curiosa urgencia de inscribirse en una escuela de administración, tal y como su padre hubiera recomendado –de haberse atrevido a opinar. Aunque era mayor que sus compañeros no tuvo problemas para convertirse en el tipo más solicitado del salón. Sus argumentos eran el automóvil nuevo, la ropa a la medida y esos años de más con los que conseguía parecer, ante los dieciochoañeros, como un tipo juicioso, seguro, sensato.

Liliana no era llamativa. Le gustó por el ceño fruncido con que recibía cualquier información, desde las reglas básicas de la economía de escalas hasta una invitación a salir. Apenas se maquillaba (y, como Omar notó, solamente los viernes), usaba faldas dos palmos más largas que las de sus compañeras y se peinaba las mechas oscuras en una coleta. Mientras los otros se concentraban en impresionar a chicas minuciosamente disfrazadas de rubia, Omar se las ingenió para revisar los libros que Liliana citaba.

Se pasó meses convencido de que lo consideraba imbécil. No era para tanto; ella apreciaba, al menos, que Omar escuchara sus disertaciones en lugar de desdeñarlas, como los demás. A Liliana verlo así, envarado y torpe, con los rasgos endurecidos por unas barbas ralas, le provocaba simpatía. Omar se hizo hábil para glosar sus comentarios: nunca se hubiera atrevido a corregirla pero comprendió que la animaba verlo capaz de hilar frases sobre Marx o Adam Smith sin desbarrancarse hasta el fondo.

Un viernes la invitó al cine pero ella, comprometida con un cumpleaños, declinó. El siguiente quedó establecido como la fecha en que saldrían por primera vez.

Omar llamó a Juanita y le expuso cada detalle de la estrategia que pensaba utilizar para seducir a su compañera de clases. Usted parece medio incompetente, se reía su prima, avívese o el pez brinca y se le va.

Sus primeros encuentros fueron impensados, violentos: Liliana resultó propensa a los mordiscos. Se volvieron asiduos de unos pocos cines, dos restaurantes y el mismo motel: a ella le parecía que el departamento de Omar estaba tan bien ubicado que resultaba muy visible y, por tanto, arriesgado como lugar de encuentros clandestinos.

Porque Liliana tenía novio. Natural, como los Rojo, de los Altos de Jalisco, salía desde los quince años con Quique, un heredero de vacas y silos que estaba por graduarse como ingeniero. Lo veía los domingos, en la plaza; paseaban y se besaban con las bocas convertidas en unos conitos de labios apretados. Jamás se tocaron. Los lunes, Liliana volvía a la ciudad en autobús, salía con Omar y se le entregaba de modos que Quique jamás habría aceptado para su pareja legítima pero que, inadvertidamente, imitaba con las prostitutas de las cantinas locales (era, hemos de decir, un tipo imparcial, porque tampoco le hizo el feo a Nino, un compañero de estudios que lo atrajo a un festejo en una alberca que no tuvo más invitados).

Alguna vez, fastidiado por la costumbre de la chica de eludir su casa, Omar reclamó. Se lo había recomendado Juanita: dígale a la niña que se decida, porque si no, lo va a tener cociéndose a fuego lento la vida entera y al final se le casa con el otro. Liliana frunció el ceño, permaneció en silencio durante cinco o seis semáforos y acabó por darle la razón. Pero era un caso complicado, dijo, porque el pueblo suponía que Quique y ella se casarían en cuanto terminaran sus carreras, sus familias se conocían hacía cinco millones de siglos, sus futuras cuñadas llevaban años de planear el viaje para la compra del vestido de novia a Pasadena y una despedida de soltera en Las Vegas.

Tanto Foucault para terminar comprando unos tules en casa de la chingada, dijo Omar, y a Liliana la venció la risa. Y agregó: tanto pinche Derrida para echarle tortillas a un charro. Tanto y tanto Deleuze para que mi marido se vaya de putas los viernes y la boca le sepa a enjuague el domingo. Tanta Sontag para que termines batiéndoles el *omelette* a sus mocosos.

Esa noche fueron al departamento y ella escribió una carta para su prometido en la que se despedía: me acuesto con otro, ya no me busques. Luego se quitaron la ropa y experimentaron un par de variantes de sexo anticonceptivo y contranatural.

Se casaron tres años después, en cuanto ella pasó el examen profesional y le aprobaron la tesis. A la fiesta asistieron algunos de los Rojo, sorprendidos y quizá felices de que el hijo de los pinches gachupines hubiera sentado cabeza al fin (y con una buena muchacha de los Altos). La licencia profesional de Liliana llegó el mismo mes en que nació su hija mayor. Omar había abandonado la escuela apenas se comprometieron: el capital con el que abrieron el despacho de administración era suyo y no necesitaba un papel académico que lo avalara.

Ella llevaba los clientes, él las cuentas. Pagaba recibos, impuestos, se encargaba de contratar a los auxiliares que fueron necesarios a medida que el negocio crecía. Sus labores alcanzaban extremos tales como informarse del estado de salud de los sobrinos del tipo del aseo y entenderse para la renta y la pintura anual con el dueño del local.

Cuando nacieron los gemelos vivían como una familia acomodada y su casa estaba a punto de quedar libre de hipoteca. Liliana era la voz cantante y Omar el coro. Los niños crecían, las cuentas se hinchaban.

Eso sí: los gemelos rompieron el equilibrio porque sus necesidades eran variadas y continuas y los viernes dejaron de ser el remanso del pasado. Se terminaron las escapadas a moteles gracias a una simple nana y las frases broncas en la madrugada. Sobrevinieron desvelos, fiebres, llantos. María, la hija mayor, bautizada así en honor a la abuela de Omar, había sido un bebé promedio que no estorbó nunca sus placeres. Pero los gemelos resultaron un obstáculo formidable, al duplicar todas y cada una de las maneras en que un infante pone a prueba a sus padres.

La vida sexual de Liliana y Omar, pues, había pasado de lánguida a imaginaria y sus tratos eran letárgicos. Las obligaciones los atenazaban y sus momentos de descanso eran consagrados, siempre, al esparcimiento del trío de niños guapos, atildados y envidiables que habían vuelto su rutina un suplicio.

En ese punto, entre el paraíso y el tedio, se encontraban el día en que, todos juntos y camino a un restaurante, se toparon con el Concho en un centro comercial.

Sur de Francia, 1939

DESARMADOS: CRUZARON LA FRONTERA DOS DÍAS después del año nuevo sin más atavíos que los puestos. Cautivos: los humanitarios franceses los mandaron a un campo de concentración. De nada sirvió la cédula civil de matrimonio, penosamente salvada del desastre en el último atadillo de papeles que conservaron, porque separaban a las mujeres y niños de los hombres. Motivos higiénicos, decían ellos, aunque la María gruñó sus consabidos rezos: qué higiénicos vais a ser, si os folláis a las cabras. Los oficiales franceses jamás hablaban en castellano pero algunos lo comprendían. Disfrutaban ese tipo de escenas. Les daba consuelo que los vencidos fueran otros.

Yago estaba malherido. Una esquirla de metralla se le alojó en la pierna durante el bombardeo, en Aragón, y la herida se abrió cuando volvieron a dispararles al cruzar un riachuelo en plena huida (el miliciano barbas de cabra, que lo ayudaba a avanzar, le decía con orgullo, cuando el segundo ataque comenzó, que estaban en los linderos de la parcela de sus padres y ese hilo de agua era afluente ni más ni menos que del Ebro; allí quedó su cuerpo, a unos pasos del solar familiar).

La fiebre había sobrevenido de inmediato. Ni siquiera cuando un convoy los rescató, ya por la mañana, y consiguieron alcanzar ese incendio caótico que era Barcelona, la lengua de fuera y los niños ateridos de hambre y miedo, encontraron a alguien que pudiera sanar a Yago con seguridad de saber lo que hacía. Los médicos estaban en el frente, les dijeron. Y también allá estarían las vendoletas, los calmantes, la medicina que no hubo modo de proveerle. Cinco noches de delirio lo asaltaron mientras la María lo dejaba, con los niños, al cuidado de enfermeras del Socorro Rojo y salía en busca de algún aliado, un camarada o mero oportunista que supiera sacarlos de allí.

La ciudad parecía saqueada incluso antes de que llegaran los bárbaros. Las colas del racionamiento circulaban como serpientes en torno a los insuficientes puntos de reparto y por las calles transitaban, a la carrerilla, piquetes de milicianos exasperados que pretendían evitar trifulcas y depredaciones. Día y noche eran hostigados por la música terrible de los bombardeos. «Catalans: al refugi!», clamaban los altavoces.

No hubo modo de encontrar barco: los facciosos dominaban el mar y ningún buque de bandera británica o francesa, únicos que se atrevían a surcar esas aguas, aceptaba fugitivos a bordo salvo que recibiera órdenes expresas (o un soborno pasadero, que pocos estaban en condiciones de ponerles en el bolsillo a sus capitanes). La aristocracia de la República, líderes, ministros, jefes sindicales, iba primera en la línea. Los demás, como era obvio, debían joderse en otra ruta: a pie, a través de los Pirineos, bajo las sombras festoneadas por el fuego de los fascistas.

Yago, pues, se quedó cojo. Como si al cerrar la herida hubiera jalado hueso, músculo y tendón, su pierna engarruñada era ya medio palmo más corta que la otra y lo obligaba a bambolearse. El dinero que habían previsto para la escapatoria, el atadillo de francos y el que la María aseguró que un agiotista del puerto le había entregado a cambio de dos medallas con la efigie de Kropotkin, que presuntamente se había sacado del fondo del sostén, lo gastaron en los pasajes de un autobús repleto de catalanes aterrados que los acercó a la frontera (Yago no tuvo fuerzas ni cabeza para poner en duda la información, que se le alojó como un cocodrilo al fondo del cerebro).

Los dejaron sin un duro pero no había más opción. A la velocidad que permitía su pierna y contando con la debilidad de los niños, que tampoco es que pudieran caminar treinta kilómetros diarios sin descanso, como legionarios, habrían tardado meses en escapar. Y a la República, sofocada por aire, tierra y mar, no le quedaba tanto tiempo. Expiraba.

Apenas atravesada la línea fronteriza, el rebaño español fue recibido por ceñudos soldados galos. Mujeres y niños a la derecha; a la izquierda los hombres. Nada de excepciones, ninguna contemplación. Sin un sorbo de agua los hicieron subir a un tren.

Supieron de la rendición y la derrota final en el verano, bajo el pie de un calor insufrible que los orillaba a permanecer durante el día en las barracas de sus respectivas secciones del campo de concentración: llorosos algunos, abatidos los más.

Desarmados.

Cautivos.

La comida, espantosa, nunca era suficiente. Pronto hubo motines, repelidos a golpes y tiros por los vigilantes franceses, y epidemias como plagas de Egipto: piojos, sarna, influenza, diarreas fulminantes.

Jugaban a los naipes o merodeaban los cercados, los hombres; las mujeres cuidaban de los niños y trataban de lavar la ropa. Rara vez se producían chispazos de alivio: alguna botella de vino contrabandeada sabría Dios cómo, alguna canción que vivificaba los silencios y diluía las murmuraciones, que sin embargo terminaban por volver e imponerse. No eran sino hormigas embotelladas, exasperadas. Algunos escapaban, regresaban a España. Pero allí, se sabía, les esperaba sólo la cárcel, el paredón, una zanja desnuda en el camino.

Alentada por la frustración surgió la idea de la fuga.

Tres sindicalistas catalanes con pinta de salteadores, los hermanos Velver, salieron una noche en rápida incursión y hurtaron de una granja en las cercanías un carro de caballos y una escopeta. Ocultaron todo en una barraca a medio derruir olvidada al fondo del campo. En una reunión convenientemente tenebrosa y clandestina, manifestaron su intención de ir aún más allá: querían robar un bote en Le Barcarès, sobre la costa cercana, y dirigirse a Marsella. Allí esperaban dar un par de golpes, subir a un buque, salir al mundo.

Ofrecieron llevarse con ellos a Yago, a quien tenían en estima por el estoicismo con que cojeaba por allí como un pordiosero pero sin lamentarse como los demás, y por el prestigio del que lo revestía haber sido editor de *Prensa Obrera*, pasquín que nunca leyeron pero cuyo nombre y solera anarquista respetaban.

La madrugada de la escapatoria, Yago fue designado como cuidador del carro y vigía del camino. Nadie le dijo «puto cojo» pero resultaba evidente el motivo de aquella comisión que otro habría rechazado como digna apenas de un cobarde. Los Velver tenían noticia suficiente de quién era su mujer, pues la María había encabezado ya alguna insurrección en el campo de mujeres contra el arroz repugnante que les servían y la costumbre de darles agua que no provenía de pozos sino de un tanque contenedor de lluvia (no había explicación que valiera: los asilados consideraban ese líquido una porquería y un insulto).

Yago temió lo peor durante la hora y media que tardaron los Velver en regresar. Aparecieron al fin, por la carretera, en apresurado silencio y acompañados por sus mujeres, hoscas y de mirada seca. A todas se les marcaban los huesos del rostro y las costillas, aunque el paso de los meses había vuelto a los franceses un tanto menos mezquinos (o quizá era que la posibilidad de hambrunas fatales los había convencido de que era mejor tener a los exiliados en condiciones ligeramente humanas).

No hubo anécdota que repasara el método que utilizaron para sacarlas del campo o no se la llegaron a referir de momento. En el fondo, pensó Yago, a los franceses debía darles lo mismo si sus asilados vivían, morían o escapaban de vuelta y los Velver no habrían enfrentado mayor dificultad.

Pero ellos no iban a volver. La María, que parecía diminuta y demasiado joven al lado de las infinitas catalanas, callaba y sólo se le abrazó cuando el carromato se puso en marcha. Los niños, un par de bultos catatónicos y desnutridos, se durmieron de inmediato.

Robaron un pesquero esa misma noche. El dueño estaría durmiendo la mona o gastándose la plata de la captura diaria en la taberna. Los Velver tenían experiencia marítima y lo hicieron navegar con prudencia, sin alejarse de la costa. Los cielos fueron hendidos por luces como relámpagos que les hicieron preguntarse si aún habría bombardeos allá abajo, en su tierra, pero que más seguramente provenían de alguna tormenta.

En la babilónica y abarrotada Marsella había gendarmes y militares tanto como en el campo hay hierbajos. Atracaron el pesquero en un estuario cochambroso y se quedaron a residir en él, pese a la incomodidad y el pestazo a peje. Ante la multiplicidad de uniformados no se atrevieron a robar, como habían planeado, y se buscaron mejor la vida en el puerto.

Ninguno de los doce españoles con bodega en la marina se interesaba por socorrer a los compatriotas (eran, todos, burguesitos entusiasmados con el golpista de Franco) y tuvieron que ser los sindicalistas de los astilleros, entre quienes había gran cantidad de anarquistas, quienes los ayudaran a obtener horas de labor.

Descargaron botes, repararon redes, hicieron madrugadas de pesca, mendigaron. A Yago, que iba a todos lados tirando de su pierna hinchada y endeble, le impartían raciones iguales de alimento para su tribu y partes proporcionales del salario que percibían y que cada noche prorrateaban al volver al bote.

Una miseria justa pero infeliz.

Jamás habrían salido de allí, quizá. Pero uno de los Velver, el menor, que resultó ser menos moralmente pudibundo que sus hermanos, se hizo amigo de un chino oscuro que solía rondar las bodegas y departir con los capitanes de nave. Lo conocían como Chang (es decir, «Chan», pronunciado con la inveterada torpeza española para las consonantes extranjeras). Era traficante de opio y se afanaba por encontrar quién lo condujera de ida y vuelta hacia los puntos en que sus compatriotas empleados en los buques mercantes le entregaban los envíos. Era un negocio arriesgado: ni Chang era un tipo de aspecto confiable ni resultaba seductora la posibilidad de ser detenido por la guardia del puerto o la marina francesa y terminar en prisión a sus expensas.

Pero el menor de los Velver era un tipo arrojado, no tenía crías que lo contuvieran de alocarse ni veía más opción de escapar de esa vida parasitaria que el recurso desesperado de trabajar para el chino. Sin que los demás supieran (él decía que iba a la pesca), dedicó los fines de semana a escoltarlo en sus andanzas. Así, en noches de espera, remo y nado, de cuchilladas con chinos competidores y marineros beodos y victorias anónimas al amanecer, se hizo de una pequeña fortuna en dinero y goma.

Decidió abandonar al chino justo cuando éste se marchó al norte, en tren, para entregar un paquete particularmente grande que sus clientes querían recibir en propia mano. El secuaz se quedó con alguna mercancía y la quincalla de su patrón y la sumó sin remordimiento a su tesoro.

Quizá el momento de mayor orgullo en su vida, por encima incluso de las batallas y la inútil defensa de Cataluña que protagonizó, fue la mañana en que dijo a sus hermanos y camaradas que tenía suficiente para los pasajes, que podían irse ya.

Lo miraron con maravilla, con desconcierto, al fin con euforia. Las mujeres lo besaron.

Los Velver eligieron Argentina; los Almansa, Méjico.

La palabra había dado vueltas durante el tiempo en la cabeza de Yago, quizá desde que leyó sobre Cortés y sus hazañas en el colegio. Pero también desde que Ramón le habló de Javier Mina, el navarro que se tomó un barco en Londres y marchó a Méjico para liberarlo del yugo español.

Ramón, que solía conmoverse como un niño cuando bebía de más, le leyó alguna vez la proclama que Mina envió a los mejicanos al desembarcar en su país, en abril de 1817. (Yago no recordaba las palabras precisas, que sin embargo se conservan: «Mejicanos: permitidme participar de vuestras gloriosas tareas, aceptad los servicios que os ofrezco en favor de vuestra sublime empresa y contadme entre vuestros compatriotas. ¡Ojalá acierte yo a merecer este título, haciendo que vuestra libertad se enseñoree o sacrificándole mi propia existencia! Entonces, en recompensa, decid a vuestros hijos: "Esta tierra fue dos veces inundada en sangre por españoles serviles, vasallos abyectos de un rey; pero hubo también españoles liberales y patriotas que sacrificaron su reposo y su vida por nuestro bien"».)

Mina fracasó y para noviembre estaba preso y fue fusilado. Pero el hechizo de Méjico y la moquera de Ramón al conmemorarlo movieron a Yago a proponérselo como destino. La María aceptó sin chistar porque nunca había pensado a dónde ir y le aterraba seguir a los Velver, cuya planeación de movimientos en Argentina rápidamente alcanzó el atraco de bancos y la conformación de una milicia que, algún día, regresara por mar a recuperar Barcelona.

Los catalanes dividieron el dinero en tajadas iguales, como siempre, incluidas las mujeres, y les entregaron un suplemento adicional por cada niño. Sólo una mínima parte del botín correspondió, pues, al Velver menor, el hombre a quien debían la libertad. La aceptó sin pestañear, con el fanatismo ciego de los héroes.

Se despidieron con abrazos y promesas de reencuentro que eran quiméricas y nunca cumplieron.

El dinero que les correspondió a los Almansa no alcanzaba para llegar a Méjico, sino apenas para Santo Domingo o, con suerte, Cuba. Lo descubrieron al comprar los pasajes pero igual prosiguieron con la idea de cruzar el océano. Allá, en el Caribe, buscarían trabajo, ganarían lo necesario para completar el viaje. Eso pensaron.

Y así fue que, ya entrados en febrero de 1940, con Francia en guerra y los puertos convertidos en las llagas de una sangría de hombres y mujeres de todo el orbe con muy buenos motivos para huir de los nazis y la ola de colaboracionistas que sobrevino, se embarcaron.

Doscientos españoles iban a bordo del buque: vascos desaforados, catalanes áridos, un puñado de sureños y ningún madrileño más que ellos.

La María y los niños pasaban el día en la cubierta si el clima era bueno, miraban las aguas y el cielo y se repartían trocitos del pan que conseguían distraer de los desayunos comunales. Yago cojeaba hasta una butaca y se detenía a mirarse las manos. No hablaban porque no tenían qué decirse. Rumiaban lo pasado. Huida, metralla, bombardeos, sarna y hambre (o mejor: perra hambre); el azoro, la deriva.

El mar podía ser negro y verde, azul o rojo. Podía ser calmo o crespo. Y podía mirársele por días y días y jamás sería igual.

Su vida anterior se quedó olvidada en algún perchero en las paredes de Madrid, entre los rodillos de imprenta, en las sillas crujientes de la taberna del andaluz. No llegó a encaramarse al autobús de bastimento que los llevó a Zaragoza, nunca vio a Guillermo y León asaltar a tiros y robar aquel camión lleno de oro.

Allí, en la espera del barco, la pierna estirada y dolorosa bajo el impasible viento atlántico, recobró Yago la plena memoria. Recordó a Lara maniatado, sus espumarajos, las figuritas de su hermano y primo en el camión, perdiéndose mientras el cielo se llenaba de aviones y su pierna caía rota bajo la metralla.

—Grandísimos hijos de puta —murmuró en una voz tan baja que ni siquiera él se escuchó.

GUADALAJARA, 2014

DIECISIETE AÑOS. EL TIEMPO NUNCA DA EL CONSUELO de la redondez: no fueron diez, quince, veinte, alguna cifra categórica que sonara a símbolo.

Ni el Concho ni Omar reaccionaron de inmediato cuando volvieron a toparse y ni siquiera dejaron ver a sus acompañantes señales de su conmoción. Barbado, vestido según el canon del catálogo más reciente de la tienda departamental de la que era socio, con esposa y tres hijos (los mellizos y María, la mayor), Omar no sintió nada singular cuando sus ojos se posaron en el flaco, un tipo ataviado con ropa vieja y sobrada, y sólo con el paso de los minutos le trepanó la cabeza la idea que era inevitable: el Concho volvió, quiere vengarse.

Él y los suyos siguieron su paseo frente a los escaparates del centro comercial, que no era el mismo en el que estuvo a medio metro de ser asesinado, sino uno mejor y más brillante, repleto de parejas prósperas y atildadas como la suya.

Los mellizos querían helado y hubo que negárselo porque irían a un restaurante: Liliana, su mujer, había decidido que conocieran el nuevo figón chino que llevaba semanas promoviéndose por radio y televisión y mediante miles de correos electrónicos que apelaban a un ingenio comercial irresistible. (En los anuncios, un perrito chihuahua animado, con bigotes y tocado mandarín, se ponía en dos patas y rogaba con falsa voz de chino: «*Colan a plobal nuestlas lecetas*». A los mellizos les provocaba una risa incontrolable su contemplación. Y aunque a María, que era mayor y tenía un carácter hosco y discutidor, le daba asco el perro, su voto negativo no fue suficiente.)

La niña se limitó a un plato de arroz con verdura pero los mellizos comieron veloz y groseramente, como salidos de un mes de privaciones, y remataron con un par de eructos satisfechos. Cuando pedían los postres, luego del cerdo agridulce, las costillas rebozadas y el pato laqueado en cubitos, Omar detectó una mirada sobre sí mismo, primero con titubeo, con pánico humeante después.

Era el Concho: se limpiaba la boca con la servilleta y bebía su agua. Los había contemplado durante todo el banquete con el odio limpio y claro de un infante, se había pedido un chop suey y ahora se relamía.

Había dejado la prisión un mes atrás. Salir de la cárcel era como salir del agua: mientras más tiempo te quedaras adentro más tardaba en desaparecer su peso.

Los primeros cinco años de reclusión los pasó dándole vueltas a la posibilidad de escaparse y rebanarle el pescuezo a Omar; fueron épocas turbias. No había manera de que el sindicato le ofreciera protección (tampoco es que la buscara: ni la Profesora ni el Cejas experimentaban la menor simpatía por la gente del Mariachito), así que debió encontrar su lugar en la crujía por sus propios medios. No le hizo ascos a las relaciones carnales pero tampoco quiso convertirse en una de las perras del lugar. Descubrió que al no tener nada pero estar dispuesto a renunciar a cualquier cosa, dignidad incluida, más que el peligro lo que acechaba era el tedio.

Los siguientes cinco olvidó todo: el pueblo, las zanjas, el elote, los arañazos, la peste agria del Mariachito, su madre olorosa a semen y su boca negra, la miseria, las peleas a puñetazos contra disidentes, los asaltos a las bodegas de proveedores, el moho y el deslumbramiento de los vagones de ferrocarril que saqueaban para que el negocio de Catalina medrara. Tenía un catre, cobijas sucias y delgadas pero suficientes, un amante de planta que se comportaba de manera pasablemente dulce y una atmósfera en que la ambición se había extinguido y con ella los conflictos. No había a su alrededor presos por asuntos de drogas, poseídos siempre por esa necesidad ígnea de luchar por sus teléfonos y televisores, por mujeres contrabandeadas o al menos hombres dóciles, y por alimentos inalcanzables para el preso común. Una cárcel de mayor seguridad los reclamó y allí quedaron sólo los homicidas comunes, los ladrones sin mérito y un par de pederastas a los que habían violado tantas veces que dejó de ser divertido hacerlo: alcanzaron una suerte de Nirvana doliente y ya no parpadeaban ni boqueaban palabra.

Los siguientes cinco fueron tumultuosos. Se contagió de hepatitis C, por un desfase entendible entre sus costumbres sexuales y sus posibilidades profilácticas: los años ablandan al más precavido de los hombres. Se supo enfermo luego de semanas de debilidad y su condena se confirmó cuando a su amante, cirrótico, se lo llevaron a un hospital a que reventara. Era su culpa, posiblemente, pues por mero deseo de sacudirse la rutina había cohabitado con un preso enfermo que transitoriamente pasó por allí. Contagiado, infectó a su hombre. Lo extrañaba: era un tipo cálido, condenado por ahorcar a su esposa luego de encontrarla en la cama con los vecinos (a ellos no pudo ajusticiarlos porque salieron por pies y tuvieron, encima, la caradura de llamar a la patrulla). Su cirrosis fue insuflada de muerte por la hepatitis. Lo dejaron secarse en el ala para reclusos del Hospital Civil.

Los años finales de la condena los pasó el Concho solo, en una celda que le quedaba inmensa, las articulaciones en rebelión y la mente aprisionada en episodios que al producirse fueron agradables pero ahora parecían maravillosos: su madre llevándolo a comer esquites; el Mariachito dándole el primer dinero; el glorioso año nuevo del dos mil, cuando les llevaron botellas de sidra a la prisión, se animó a cantar «Paloma negra» en las piernas de su hombre y unos ebrios les aplaudieron.

Casi había perdido la cuenta, o de hecho la perdió, porque su calendario comenzaba el día en que lo sentenciaron pero para el sistema el tiempo contaba a partir del día que fue apresado. Así, seis meses y medio antes de lo calculado, el defensor le informó que debía prepararse para volver. El Concho lo miró sin expresión: era el séptimo licenciado en ocuparse de su caso; algunos se jubilaron, otros ascendieron, a uno, incluso, lo encontraron en la cajuela de un convertible estacionado en un tiradero de basura (era un jovencito serio, obeso, con mejillas rosadas, que nunca le provocó la menor simpatía, aunque tampoco dejaba de reconocer que su olor a loción lo entusiasmaba).

Pensó que sus papeles tardarían semanas en estar listos y se aferraba, con un miedo quizá inevitable, a la idea de que había un error, que su condena sería definitiva y se quedaría dentro. Pero los trámites fluyeron, las firmas y sellos estuvieron listos a tiempo y una mañana encontró una muda de ropa en la bolsa de plástico que le entregaron y la puerta abierta para él.

Le dieron un sobre con el dinero que ganó durante los años de encierro en las labores que fue obligado a desempeñar en el lavadero, un taller de placas de automóvil y otro de carpintería; negocios, todos, de los directivos de la prisión. No era suficiente ni para sobrevivir un año pero pudo pagarse el boleto de autobús a la ciudad y alojarse en un hotelito de la Calzada, a la mera orilla de la zona roja, que le pareció menos abyecto que los otros porque no prometía jacuzzis ni los berridos de pasión de los inquilinos animaban sus aires (las paredes eran gruesas, discretas). Era un edificio estrecho, sin elevador, alberca o cafetería, más apto para hospedar monjitas que los coitos encubiertos que albergaba. Le pareció ideal.

Su recámara, además de temblar al paso de los autobuses y ser incordiada por las luces de los rótulos de neón de los burdeles, le ofrecía un balcón para mirar el atardecer. Permaneció en reposo durante una semana, asomando al mundo sólo para admirar el horizonte, encontrar comida y resurtir las existencias de agua y café. Compró periódicos que desechó sin leer, ropa suficiente para cambiarse al menos tres veces por semana (la eligió sin probársela, de la talla que solía utilizar y descubrió con vanidad que era más delgado y las prendas le quedaban flojas).

Luego de esa temporada eremita, decidió visitar los bares cercanos y, para su regocijo, se encontró con una serie de jovencitos desinhibidos y ávidos de relacionarse con un expresidiario de apariencia tan patriarcal y peligrosa como la suya. Su párpado lucía la huella del navajazo que le dieron años antes, al separar a los contendientes en una pelea, y en el antebrazo portaba un tatuaje con el rostro de su hombre, que se mandó hacer cuando lo supo muerto y valiéndole madre la hepatitis C –ya que todos los presos estaban contagiados de algo, tampoco es que el tatuador fuera el tipo más escrupuloso con la higiene del planeta.

Tuvo amoríos con jóvenes inquietamente menores que él. No sabía por qué, pues nunca tuvo preocupaciones éticas, empezó a exigirles la credencial antes de llevárselos al hotel. Un par de veces se encontró con mentiras tan obvias en boca de muchachitos que no tenían edad suficiente que los despachó de mala manera.

Hubiera podido contarles algunos episodios de su pasado a sus compañeros de cama pero ellos estaban más interesados en relatar sus propias aventuras y le recordaban cada noche que los aires habían cambiado durante su reclusión: a él no se le habría ocurrido interrumpir al Mariachito cuando le dirigía la palabra, como hacían ellos ahora. Le parecían elocuentes y lo enternecían pero estaba cansado como para ilusionarse y ellos, a fin de cuentas, lo querían solamente como *experiencia* (fue su segundo o tercer compañero quien se lo dijo: «Nunca tuve esta *experiencia* con un señor»). ¿Qué hubiera podido enseñarles a estudiantes y trabajadores sobreinformados y atentos un tipo de rancho, un matón que llevaba mil años apartado de la calle?

Terminaron por intimidarlo y, sin pretenderlo, por avergonzarlo. Había sido riguroso con la limpieza y no sentía miedo de haber contagiado a nadie esta vez. Luego de la primera noche tomó como norma informarles de su estado. Ellos dijeron que estaban más que entrenados en las precauciones. Eso lo tranquilizó pero también le provocó una tensión que lo cohibía. Resentía que pensaran las cosas antes que él, que lo cuidaran y lo trataran como un anciano aunque apenas hubiera rebasado la cincuentena. Y tenía el cabello blanco y la cara convertida en una federación de arrugas y cicatrices, sí, pero decidió visitar otros lugares.

Tras el encuentro con Omar, el Concho reflexionó dos días y una noche y en vez de buscar muchachos dispuestos, como solía, se enclaustró y pidió sucesivas cubetas de cerveza al *room service*, que, en su hotel, consistía en que uno de los botones subiera mercancía de la farmacia: condones, lubricante, cigarros, alcohol, pastelillos de manteca hidrogenada. Hacía tantos años que el Mariachito estaba muerto (él nunca lo llamó de tal modo, sino *Licenciado* o *Padrino*, pero recurramos de nuevo al mote, igual que él mismo era conocido como *Chepe*, porque se llamaba José Concepción) que la venganza se le antojaba una suerte de raigambre personal, un aferramiento.

Quizá era que las medicinas le restaban energía o que, autocondenado por la costumbre de agredir su hígado cada noche, sorbo a sorbo de licor, le resultaba más plácido olvidar, perderse en la carne de otros sin violencia de por medio o con un furor soportable y esperado. Pero qué clase de cabrón deja sus promesas sin cumplir, se repetía para agarrar fuerzas. No quería ser uno de esos.

Santo Domingo, 1945

CINCO AÑOS. DOSCIENTAS SESENTA SEMANAS DESPUÉS no tenían aún dinero para marcharse de allí. Santo Domingo era una calurosa pocilga de bulevares principescos, un agujero de inmundicia y suntuosidad, y allí, en la vecindad de la panadería del gallego, llevaban cinco años pudriéndose, grises, menguados y observados con pena.

Yago no tuvo fuerzas para trabajar en el puerto, la pierna no lo sostenía y sus esfuerzos por acarrear cajas terminaban por los suelos cada vez, entre las risitas de esos negros que, tanto escuálidos como forzudos, parecían capaces de hacer levitar la carga sin mayor molestia. Negros sonrientes que, cuando reunían lo suficiente para el arroz con plátano *majao*, dejaban los barcos a medio descargar, así fuera media mañana, y se sentaban en las banquetas a comer y beber, y pronto estaban cantando y danzoneando en rededor, con irrebatible alegría.

> *Hace un mes que no baila e' muñeco*
> *Hace un mes*
> *Hace un mes que no baila e' muñeco*
> *Hace un mes*

Y les soltaban piropos vertiginosos a las negritas y mulatas que atinaban a pasar por allí y las iluminaban con gestos que significaban que podrían comérselas crudas si se les enfrentaban. Y bailaban ellas en respuesta, con cuerpos jadeantes y perfectos, así fueran gordos o famélicos sus galanes, y cantaban junto con ellos.

> *Hace un mes que no baila e' muñeco*
> *Hace un mes*
> *Hace un mes que no baila e' muñeco*
> *Hace un mes*

Yago tuvo que rogar por un empleo en la panadería de un gallego al que reconoció como paisano por la tez lechosa y la fiereza para morder el cigarro. El tipo nunca fue afectuoso. Se apellidaba Atayde, paseaba por el puerto en busca de obreros y no sentía la menor simpatía por los exiliados. Sois unos rojos de mierda: no, a mí no me dais risa, ahora sois buenos para pedir una mano. Yago negó, por primera vez en su vida (y vendrían más), su militancia: él y su esposa eran madrileños corrientes y tenían hijos, juró, se fueron antes de que aquello se cayera a pedazos, con los bombardeos no había cómo vivir. Pensaba en Ramón, en Javier Mina y la *Prensa Obrera* pero nada decía, salvo eso: somos trabajadores, mi mujer y yo hacemos lo que sea.

Atayde no tenía en el cuerpo suficiente compasión para llenar una chuchara pero, en el fondo y la superficie, prefería emplear españoles antes que negros porque ellos se reían de su aspecto rechoncho y su voz (y algunas negras le aceptaban las manos encima y hasta cabalgatas en el cuartito de las cuentas pero sólo a cambio de billetes y joyas y tampoco temían reírse de él si se vaciaba demasiado pronto, como acostumbraba).

Aceptó recibirlos en la panadería y les ofreció un sueldo que podía expresarse en centavos. Se instalaron en una vecindad a unos metros del local, rodeados por dominicanos amables que, como de todo y de todos, se burlaban de ellos. Trabajaban desde la madrugada y a veces hasta caer el sol, porque había que limpiar el local luego de que los criollitos de los barrios altos acudieran a comprar la rosca de la merienda.

La María tenía permiso de salir cada tanto a revisar que los niños estuvieran bien. Se los vigilaba una vecina algo loca, a la que más de una vez sorprendió en tetas vivas, tocándose el vientre mientras los nenes dormían la siesta en el cuarto vecino. No era moralista ni gazmoña pero se escandalizaba. Y la vecina reía y reía, qué más.

Yago comenzó en el horno y, al paso de los meses, fue investido como encargado del mostrador. Atayde ejercía una vigilancia estrechísima y no dejaba un quinto sin computar. Se instalaba en un sillón en el cuartito de las cuentas y, mientras despachaba los diarios o espiaba las piernas de las negritas del horno (y, según se percató Yago sin alegría, también las de su esposa), demandaba que cada centavo se le pusiera en la mano al mismo ritmo que se cobraba.

Era tan hijo de puta que, cuando la panadería llegaba a quedar en silencio, entonaba con vozarrón destemplado y bronco un cuplé que habían compuesto los facciosos para celebrarse y la radio dominicana usaba para fastidiar.

¡No pasarán, decían los marxistas!
¡No pasarán, gritaban por las calles!

¡No pasarán, se oía a todas horas por plazas y plazuelas con
voces miserables!
¡No pasarán!
¡Y ya hemos pasao… y estamos en las cavas!
¡Ya hemos pasao con alma y corazón!
¡Ya hemos pasao y estamos esperando pa' ver caer la porra de
la Gobernación!
¡Ya hemos pasao!

El domingo, único día libre, no tenían ánimo de salir a las
calles tórridas, hormigueantes de gente paupérrima y feliz.
A Yago la pierna le dolía y se aficionó a unas píldoras que
lo aliviaban al costo de provocarle una somnolencia infini-
ta. La María lo veía menguar y perder el seso y resentía la
obligación de ocuparse de todo, desde lo que comían y vestían hasta de la perniciosa escuela barrial donde los niños
recibieron su primera instrucción. Algo tendría que hacerse, decidió.

Los domingos, pues, cuando Yago roncaba, la María se
ponía un vestido limpio y salía al puerto en busca de trabajo. Como no quería que la tomaran por puta se comportaba
con severidades de profesora. Caminaba aprisa, los brazos
cruzados sobre el pecho, y revoloteaba por locales y casas en
busca de españoles o dominicanos que la quisieran escuchar.

No era simple. La isla, con todo y su cordialidad, vivía en
dictadura y no eran muchos los que se atrevían a declarar-
se anarquistas, por lo que aquella veta de solidaridad (así
como la evocación del hipotético y apolillado prestigio de la
Prensa Obrera) le estaba vedada. La gente, entre risas, recordaba a un germano con el nombre sensacional de Filareto
Kavernido, quien unos años antes fundó una comuna en el

país pero luego murió asesinado a tiros sin que a nadie se le ocurriera investigar el motivo.

Españoles había pocos, almacenistas con más plata que el propio Atayde la mayor parte, y los desharrapados como ellos les resultaban, inmediatamente, sospechosos de subversión y francmasonería. Había órdenes entre el personal doméstico y comercial de no franquearles la entrada a sus casas y despachos a los exiliados.

En aquellas vueltas por el puerto la descubrió el juez. Era negro pero no uno de esos hermosos y esculpidos en piedra sino uno envejecido, canoso y tripudo, elegante a fuerza de dinero, con reloj y cadena de oro y ropa cosida por un sastre francés. No sólo era juez: era uno de los más altos magistrados del país y gozaba del urbano placer de aplastarse cada domingo en un café a orilla del puerto para mirar naves, mujeres y pájaros y sustraerse un rato de la algarabía casera de esposa, hijos y sirvientes.

Maicón, se apellidaba, y se había especializado en disimular su origen haitiano: habló con esmeros de caballero medieval durante tantos años que lo conocían como el Inglés. No le interesaban las señoras exuberantes, detestaba a las putas ornamentadas que algunos demandantes le enviaban al tribunal y arrugaba la nariz ante el desparpajo de las hembras del puerto: mulatas con tanta belleza como ingenio, negritas cálidas e insumisas. Pero al ver a la María por allí, con esa majestad involuntaria, ese perfil de Cleopatra (como tal lo declaró en el primero de los sonetos que le dedicó) y un cuerpo juncal y curvo como un alfanje (todas las palabras eran suyas), perdió la cabeza.

Fue instantáneo. Envió a un mozo del café, donde era venerado por ser el único negro entre la clientela, a que siguiera a aquella diosa desgarbada e inquiriera quién era, qué hacía por allí. Rezó, entretanto, para que no fuera alguna clase de puta recién desembarcada sino una buena mujer. Y lo era, confirmó el mozo al día siguiente, cuando el juez acudió para recibir su reporte. Era una española que trabajaba en una panadería, tenía marido e hijos y los domingos acudía a restaurantes, hoteles y hasta al periódico local en busca de empleo.

Pero nadie quería saber de españoles porque podían resultar rojillos y traer problemas, pensó el juez con pleno conocimiento de causa. Llegaban a la isla y apenas juntados unos pesos, volvían al mar. Trazó su estrategia en un segundo. Envió de nueva cuenta al mozo, esta vez con un mensaje que debía entregar en persona a la dama. Era un texto muy adornado, el que escribió, un tanto lírico pero teñido de formalidad. Le decía que había recibido referencias de ella como persona culta y que él, todo un magistrado, requería con urgencia una secretaria competente que supiera leer y escribir, y quizá podría echar mano de sus servicios. ¿Podría visitarlo en el tribunal un día cualquiera de la semana? El juez deseaba que lo viera en pleno goce del poder, en el despacho, con toga y los ujieres como abejitas alrededor, y le horrorizaba la posibilidad de citarla en el café dominical como si fuera un bicho del puerto.

La respuesta de María fue afirmativa y entusiasta. A la primera ocasión fingió una gripa para escaquearse de la panadería y se encaminó a las oficinas del supremo, un palacete oriental levantado en pleno centro de Santo Domingo, con su vestido replanchado y la boca encarnada con un rubor que le pidió a la masturbadora compulsiva de su vecina.

El juez la hizo esperar una hora en un pasillo luminoso

y callado en el que colgaban los retratos de cien colegas y predecesores con gesto de pontífices. Cada tanto se asomaba y, a través de la persiana, se recreaba en las rodillas de la María y aquel cuello delgado y erguido suyo. Finalmente, cuando le pareció propicio, la hizo pasar.

El escritorio era pesado como un altar, y tras él se encontraba el Inglés, hierático, inexorable. María pasó saliva. Nunca nadie, ni siquiera ese Durruti que era un ángel, le había causado tal impresión. No una emoción positiva, aclaró ella siempre. No: Maicón le daba pánico. Le congelaba la lengua en la boca. Eso contaba. Porque, según su versión de los hechos, luego de intercambiar unas frases de cortesía, el juez fue directo al asunto que le interesaba. Él podía tener todas las secretarias del país, podía hacer venir a una de Londres o Nueva York si quisiera, le dijo. No, su asunto no era ese. Era este otro: la había visto vagabundear por los muelles y se había prendado. Prendado era poco: hervía. Debía poseerla, de preferencia inmediatamente. Sabía el juez, porque se lo había dicho el mozo, que su familia pasaba penurias, trabajaban ambos como perros y sus hijos acudían a una escuela ridícula, para negros, dijo, como si él no lo fuera. Era obvio que sufrían hambre. El juez podría hacer que todo cambiara en un día: qué día, una mañana, si tan sólo la María se le entregaba con urgencia, con resignación, pasión o asco o como quisiera, pero con actitud dócil y cooperativa. Ella, helada, ni siquiera supo indignarse.

—Tengo marido –alcanzó a impugnar.

El juez no era hombre de dudas.

—Pues le pegamos un tiro.

Ella contaba que esa misma noche decidió huir. Si ignorados y arrinconados apenas sobrevivían, pensó, acosados por un magistrado no les quedaría más destino que el del pobre Filareto Kavernido: el balazo, la cuneta, el silencio. Claro: la versión oficial no explica cómo es que María y el juez se reunieron cinco veces más, entre abril y mayo, cómo es que él alcanzó a escribirle un ramillete entero de sonetos (desde uno, tímido, que empezaba con: «Si sólo una mirada de tu ojo me alcanzara...», hasta aquel, tremebundo, que arrancaba con: «Morder tu nuca ¡oh Venus! y gozar tu baladro...») y cómo es que, una noche, recibió a Yago en casa con las maletas hechas y los niños en abriguitos de martingala.

Él abrió unos ojos enormes cuando le dijo que tenía boletos para abordar, en ese instante de ser posible, el barco que los llevaría a Méjico.

Yago se sentó en un banquito de madera, que crujió a pesar de su exiguo peso, y resopló.

—Ahora qué.

—Que nos vamos o nos joden.

Lejos de allí, en casa, el juez se estremecía bajo la tormenta de cacharros de cerámica, plata, cobre, arcilla y madera que se abatía sobre su cabeza. Su mujer, una mulata de familia plantadora que lo había desposado en su juventud, cuando era un negrito que estudiaba derecho y al que no le alcanzaba ni para zapatos, había sido enterada por una leal secretaria de la presencia en su ilustrísimo despacho de una puta blanca, flaquita, como él las prefería.

—Golda me puse pol cuidalte estos años, negro de mielda, por dalte tres hijos, hijueputa, ¡tres hijos! –lloraba ella, sin dejar de lanzarle cachivaches con puntería de pitcher de beisbol.

El juez no se sorprendió al enterarse, el lunes siguiente, de que su musa ibérica se había largado del país.

GUADALAJARA, 2014

La noche no era generosa con Omar. Insomne, enmudecido ante Liliana, pulsaba los botones del control remoto sin detenerse a revisar lo que dejaba atrás. Se estancó en un partido de futbol de la liga española y se puso a pensar en sus propios abuelos, en aquella escapatoria que los llevó al país y que era, en el fondo, la razón original de su existencia. Ese detalle aniquiló cualquier posible efecto tranquilizador del vaivén de la pelota. Un ardor en la boca del estómago le dio la esperanza de un infarto que lo suprimiera de modo veloz y que, potencialmente, convenciera a la amenaza que era el Concho de desaparecer sin extenderse a su mujer e hijos.

Tramó rutas de huida e intentó recordar los nombres de personajes de calibre a quienes pudiera interponer entre el enemigo y su familia. No los encontró. Lo asaltaron ideas alarmantes: escapar en solitario, sin dar cuenta de su destino; perderse en la sierra, la playa o la selva; recurrir a la policía. Contuvo una arcada: el recuerdo de los agentes lo movía al vómito.

Cientos de imágenes cruzaron ante sus ojos, deformadas por la costumbre de mirar esas películas de horror que sirven para que los espectadores, metidos en camas tibias, crean que se endurecen y que, de alguna forma, comprenden el dolor. Pensaba en sus hijos. Muertos de mil modos, robados, esclavizados, con los ojos vacíos y la mente abandonada al recuerdo del padre incapaz, el cobarde que no pudo salvarlos: el idiota. Se maldijo por quedarse a vivir en el lugar donde se cometieron esos crímenes cuyas secuelas, ahora, lo perseguían; por no mantenerse al tanto del proceso contra el Concho, por no invertir en un asesino que le sacara los ojos y las entrañas. Una ira negra le hervía en el cerebro y el sueño no llegó. A su lado Liliana roncaba, ajena a los reptiles que embestían a su marido y la sangre que se arremolinaba en sus ojos.

El amanecer terminó con su resistencia. Esperó el primer síntoma de movimiento de su esposa para tocarle el hombro. Ella no se sobresaltó sino que aventuró un leve gruñido y rodó hacia él, que se había recostado para buscarle la mirada. Iba a abrir la boca cuando Liliana le rodeó el cuello con los brazos y le acercó el pubis. Temblaba: demasiados meses de distanciamiento habían transcurrido. Ahora, en el silencio de la mañana, despertó ante la inesperada incursión de Omar y no había tardado en decidir que aprovecharía la tranquilidad hogareña para cogérselo.

Azorado, incrédulo, Omar no sólo carecía del menor deseo sino que su pánico creció al tener en los brazos el cuerpo de su mujer, porque a los horrores conjeturados se sumó el de la posible, o por qué no, segura violación y el tormento que el Concho podría abatir sobre ella, convirtiéndola en su vasalla en mitad de la aniquilación de su prole.

Se escurrió del abrazo y colocó las manos como barrera de contención. Era crucial que entendiera el peligro y lo escuchara. Omar ansiaba que Liliana, apenas enterada del asunto, confesara que su familia tenía un asesino de confianza, un capataz de rancho o expolicía municipal capaz de, por la cantidad adecuada, llevarse al Concho de paseo y regresar sin él.

Lo que encontró fue una mueca en los belfos de su mujer, ahora con los ojos abiertos y lastimados por el rechazo. Antes de que Omar pudiera explicarse, dio la vuelta. Su cuerpo se había contraído y el temblor de lascivia se tornó rabia.

No lograron conversar con serenidad sino tras el desayuno de waffles recalentados que se sirvió para los niños, en un momento en que los gemelos se abstrajeron en la lucha libre televisiva y la niña se reconcentró en la lectura. Omar, como siempre, se disculpó antes de exponer lo que fuera y ella, ablandada por el café y la rutina, le permitió proseguir.

Sólo conocía una versión lateral y aproximada del episodio de Catalina y el Mariachito y sabía, sí, que el Concho purgaba una condena de quién sabe cuántos años en la penitenciaría local. Esa imprecisión, consecuencia de la forma con que Omar se refirió siempre al asunto, hizo que resultara más cruda la noticia de que el perseguidor no sólo estaba libre sino que un par de días antes había almorzado a unos metros de donde ellos lo hicieron sin perderlos de vista y ahora estaba agazapado en alguna parte, a la espera de su oportunidad.

Liliana recobró el ceño con que escuchó siempre las historias capitales en su vida, las parrafadas de los profesores, la propuesta matrimonial. No tenía, desde luego, un matón bajo las faldas, y se plantó en una postura contraria a la que su esposo hubiera querido. Es tu pinche bronca y algo tienes que hacer para protegernos. Así de sencillo y complejo fue su dictamen y así se vio Omar proyectado a un territorio de pánico y supervivencia del que habría preferido alejarse. El golpe lo doblegó y tuvo que precipitarse al retrete para volcar su ración de waffles, el café y la bilis retenida durante la noche.

Al salir, los gemelos, que se habían dado cuenta de su malestar, lo esperaban armados con sendas pistolas de agua. Los chisguetes le dieron en el vientre y la cara y le provocaron un escalofrío. Los nenes reían.

Tampoco era tan imbécil como para paralizarse del todo. Nunca lo fue. Dos llamadas a Juanita, que no estaba en Madrid sino negociando una compra de papeles en Toledo y lo atendió de mala gana y cortante (y le dijo nada más, oiga, lo hacía grandecito, está viejo para esas dudas de gatonejo de mierda, póngase a lo suyo, haga lo que hay que hacer, lo que hicieron sus abuelos y sus padres, que es joderse y cuidar la puerta), lo convencieron: era indispensable dar con el paradero del Concho y negociar antes de que sucediera algo irreparable.

Uno de sus clientes era un abogado untuoso, de camisa abierta y cadena de oro macizo en el pecho. Omar aprovechó su visita (el tipo chuleaba a toda mujer viviente y no separaba los ojos del escote de Liliana ni las piernas de la recepcionista) para conducirlo a su oficina. Necesito, le dijo, la dirección de una persona que nos debe dinero. No es difícil, se pavoneó el abogado, si tiene una anterior puede preguntar a los caseros o vecinos. Éste acaba de salir de prisión, repuso Omar, en realidad el que nos adeudaba era su padre y él se está haciendo pendejo. Entiendo, dijo el abogado sin levantar la vista de su teléfono. Esa gente es toda igual, piden y luego puro ojo de hormiga. ¿Usted tiene modo de ayudarnos? El tipo sonrió y metió la mano en el frasco de caramelos del escritorio. Sí, manejamos esos asuntos. Por un pago, quiero decir. Claro, es evidente. Si acaba de salir, en el juzgado deben tener datos o ser capaces de conseguirlos. Hay una amiga en el administrativo que puede averiguar en cosa de una semana. O antes. Según el dinero, adivinó Omar. El abogado sonrió. Si es una dirección, sale barato. Sólo eso, tenerlo ubicado. No se preocupe, lo platico con mi amiga.

Pasaron tres noches más. El insomnio de Omar no menguó ni dio síntomas de retroceso. Durante el día pasaba por periodos de agotamiento (más de alguna vez debió cerrar la puerta de su despacho y recostarse en el sofá) pero luego no era capaz de conciliar el sueño.

La noche en vela le abrió perspectivas insólitas. Comprobó, con estupor, que su mujer era capaz de masturbarse dormida y alcanzar dos o tres orgasmos sin despertar. Aprendió a diferenciar entre los sonidos nocturnos: el crujido de los muebles, los pasos de un niño que se levantaba a orinar, las sirenas de urgencias, los cohetones con que el cura de las cercanías festejaba el santoral.

Se reportó el abogado. Tenía el dato y había sido tan sencillo conseguirlo que le apenaba cobrar, dijo. Por supuesto, era una táctica para negociar lo que realmente le interesaba: unas facturas que justificaran vaciar la cuenta de su bufete sin mayores explicaciones. Omar fingió no entender, lo obligó a ser explícito y, cuando el tipo balbuceaba excusas y se desdecía, acudió a su rescate y estableció que no habría problema. Todo administrador conocía a cinco o diez empresas que cobraban mediante facturas falsas, presentaban declaraciones fingidas y se hacían así de un dinero. Uno de tantos asuntos que se arreglaban con un amigo en la oficina de impuestos federales. Y ellos lo tenían. El abogado suspiró. Estaba a punto de irse a estudiar un posgrado al extranjero, dijo, y un puñado de facturas chuecas sería una manera de saquear al socio sin quedar tan mal. Rieron.

A primera hora recibió un sobre con una copia de las hojas de libertad del Concho y sus señas de localización ante el tribunal. La letra del matón, se dijo, era como esos garabatos torcidos que su hija, la mayor, colocaba en la esquina de sus dibujos para certificar su autoría.

Omar tecleó la dirección en la computadora: obtuvo una serie de imágenes poco claras de un hotel en el centro de la ciudad, un cuadrado de concreto y vidrio que le recordó un mausoleo.

Ciudad de Méjico, 1946

ESTO ES UN COFRE DE JOYAS VOLCADO EN EL LODAZAL. Eso pensó Yago al llegar finalmente a la Ciudad de Méjico, una amalgama de palacios y chabolas en donde lo glorioso, lo impúdico y lo siniestro eran materia más que abundante. Madrid, la capital más provinciana del mundo, e incluso la engreída Barcelona quedaban como simples colecciones de casas de muñecas a su lado. Méjico tenía de su parte la multitud salvaje y un esplendor que Yago sólo podía relacionar con el Oriente. También una miseria inmensa, crudelísima.

Perduraba en sus calles un rencor vivo hacia los españoles. Miles de ellos habían llegado a la puerta porque el presidente Cárdenas, amigo de la República, los recibió luego de la guerra. Pero ni unos ni otros, americanos y peninsulares, olvidaban la naturaleza incestuosa de su amistad. Yago, durante las inagotables mañanas de búsqueda de empleo, escuchó una multitud de reclamos pronunciados por mestizos de bigotito que parecían creer con firmeza que, de no ser por él y sus parientes, serían ahora sumos sacerdotes en el Gran Teocalli y sacarían corazones con una afilada obsidiana como quien va a la oficina.

Un cántabro de barbas canas y aspecto profesoral, al que

se topó en un café en donde paraba a desayunar, le explicó una mañana esa relación de deseo y aborrecimiento.

—Nos odian pero les gusta que hayamos venido como pordioseros. Les gusta tanto que nos ofrecen posiciones exageradas. Más de uno que era ganapán en Madrid aquí es catedrático. Es rarísimo. Digámoslo así: lo mejicanos detestan a los españoles y para lo único que los quieren es para casarse con sus hijas.

A Yago le dolía la pierna cada minuto de cada día y no era sencillo arrastrarse de oficina en oficina y de negocio en negocio, colocarse ante sus entrevistadores de tal modo que se le disimularan los rotos de la ropa y pedir un trabajo de lo que fuera. La María, aún aterrada por el episodio de Santo Domingo, se negaba a salir y pasaba el día con los niños en el cuartito que habían alquilado con sus últimos dineros.

La escapatoria se había puesto complicada, al final, porque Yago, que sospechaba cosas horrendas desde tiempo atrás, se enzarzó en una discusión terrible con su mujer a bordo del barco, una alegata cuyo volumen subió de tal modo que un marinero se sintió autorizado a intervenir y lo apaleó con facilidad insultante. La María, hay que decirlo, no sólo no lo consintió sino que berreó y acometió a su defensor con una silla plegadiza.

La llegada a Veracruz fue un alivio pero el dinero del juez Maicón no iba a durar para siempre. Tomaron el tren porque un sevillano, en el puerto, les dijo que allí no había más que volverse pescadero o albañil y que probaran mejor en la capital, donde todos se acomodaban de algún modo. Pero asomarse a la oficina de la Junta de Ayuda a los Republicanos Españoles era como hacerlo a una de las asambleas comunistas en Madrid. Yago sospechaba, incluso, que en la puerta se encontraba la misma rubia con apariencia de matrona celta a la que recordaba franqueándole el paso en las reuniones de la central roja. A la María le contó que no habían querido recibirlo pero la realidad era que no se había atrevido a pedir ayuda porque temía que al oír su apellido (inocultable, pues su único papel de identidad era una vieja credencial del sindicato) recordaran a León y el asunto del oro robado.

No había vuelto a tener noticias de León o Guillermo en años incontables. Si los recordaba era solamente para luego murmurar alguna maldición y escupir. Los faltantes de la historia los llegó a cubrir, sí, aunque de manera impensada.

Caminaba por la Alameda, luego de asomarse inútilmente por dos imprentas (en una le ofrecieron un salario de miseria y en otra se dedicaban a las publicaciones pías y no querían saber de rojillos) cuando sintió una mano en el hombro. Ante él, del brazo de un mujerón con planta de estrella de cine, sonreía Antonio del Val.

Se abrazaron. Su amigo presentó a la dama como Ada, su esposa, y ella, con indudable acento cubano, se deshizo en atenciones. Conocía, dijo, la historia de los Almansa de primerísima mano. Quisieron saber de inmediato de la María y los niños pero Yago, que conocía bien a su mujer, los dejó de momento en un café a la vuelta de la Alameda y se fue a casa solo, cojeando, porque imaginaba la cara de María si aparecía con visitas en aquel cuartito. El carácter se le había vuelto pura hiel en Santo Domingo.

—Estás más guapa, mujer –elogió Del Val a la María cuando Yago volvió con la familia. El tenor sonreía y su bigotito eléctrico de espadachín enmarcaba una sonrisa. Ella, sombría, murmuró cualquier cosa. Ya no usaba el vestido gris, que por alguna causa inconfesable desapareció en Dominicana, sino una blusa oscura y una falda que le venía grande. Ada les daba pedacitos de pan a los niños como quien arroja migajas a los patos. La voracidad con que sus hijos comían humillaba a la María como si le escupieran a la cara.

—Claro que habrá trabajo para ti –repuso Del Val, dándole de golpecitos en el pecho a Yago–. Zapata, el sobrino del andaluz. ¿Lo recuerdas? ¿No? Se fue a Londres el primer año de guerra con un puesto en la embajada. Ahora está aquí y tiene un laboratorio. Busca gente que le venda las medicinas. Se quiere poner en otras ciudades, incluso, tiene dinero y lo mejor es que no es comunista ni se habla con ellos. Algo te encontrará. Paga bien o lo convenceré de que lo haga. Tendrás hasta vacaciones. ¿Pasaste por Veracruz? Ya. Pero seguro que no has estado en la playa. Mira que a Zapata lo tuve anoche mismo en el cabaret –cruzó una mirada con su mujer–. No te he contado. Pusimos un negocio…

Ada, fascinada con el apetito de los niños, les pidió churros y café con leche. Tardó en convencer a la María de responder con más que monosílabos a su cháchara, pero al fin consiguió hacerla departir de forma más o menos articulada.

Mientras, Del Val invitó a Yago a la calle. Para fumar y que les bolearan los zapatos, dijo. Allí afuera, apartado, alcanzó el punto al que había querido llegar desde el principio.

León y Guillermo.

Ascendieron a las sillas del lustrador de calzado como un par de potentados. Del Val se pidió un par de hojas de periódico, tras las que se ocultaron. Bajó el tono de voz para que no le prestaran atención y comenzó a narrar.

¿Estabas allí cuando pasó lo del oro? Qué puta suerte. No creo que ellos lo supieran. Al menos no me dijeron nada. Se suponía que vosotros os quedaríais en Madrid. Las cosas se habían puesto mal, lo sabes, todo Cristo tiraba para su lado. La patrulla en la que tu hermano y el primo quedaron enrolados luego del golpe contra los anarquistas en Aragón había sufrido deserciones y purgas. Vaya: incluso un par de chicos fueron pasados por las armas por violentar a la sobrina de un camarada. Pero la columna la dirigía un tipo hábil, que consiguió eludir a los comunistas y reagrupar a muchos de los que habían peleado con Durruti y los sindicatos.

Yo estaba en Valencia para esa fecha y ya tenía un lugar convenido en un barco francés. Fue dificilísimo, hubo que tocar todas las puertas y gastarme el dinero que obtuve por las joyas de mi madre, que tan penosamente rescaté de Madrid. Pero en fin: tenía un jodido camarote. Un tipo del puerto, en su pesquero, eludiría a los patrulleros y cualquier nave de los facciosos que atinara a pasar y nos llevaría al barco. Y de allí a Casablanca, al mundo. Era el plan. Al menos de Guillermo y mío. León, lo sabes, no dice nada. Había pasado años embobado con Durruti y no era el tipo de antes.

El camino de Zaragoza era la desbandada. Por allí desfilaban los príncipes de la República que no habían escapado en avión al África o a Francia, o que pensaban hacerlo desde Barcelona. Todos bien cargados de oro, se decía. Así, en una vuelta que los chicos dieron por Valencia, les propuse el asunto: quedarse con alguno de los tesoros que les cayera cerca de la mano. Vaya, de cualquier modo, ellos iban a apostarse en la carretera, como bandoleros, con lo que quedaba de la columna, hasta que llegaran los fascistas y ardiera el mundo... León no quiso saber nada pero Guillermo se comprometió a convencerlo. ¿Recuerdas que la Ana, su mujer, había perdido un embarazo cuando comenzaron los bombardeos y se fue? Pues sí, eso fue lo que pasó. Una americana de la Cruz Roja logró hacerla subir a un avión y acabó en Colombia. Se arrepintió de haber dejado al marido pero no hizo el intento por volver. Guillermo quería alcanzarla. León: nadie sabía lo que pensaba tu hermano. Si abría la boca era para reñir o burlarse de alguien. De quien fuera, del Borbón, del impotente de Franquito o de Azaña. Para él eran todos pillos menos Durruti, que ya estaba muerto. No volví a hablar del asunto pero Guillermo me mandó un mensaje a los pocos días confirmando que aceptaban.

Mi parte era simple, te soy sincero. Conseguí otro camarote en el barco, oro de por medio, y me dediqué a frecuentar el puerto y a beber con los capitanes de guardia y los centinelas para indagar rutinas y ablandar conciencias en caso necesario.

Una madrugada regresé a la pensión y los encontré allí. Sudorosos, apestando a alcohol, con las camisas rasgadas. Guillermo estaba eufórico; León miraba sus botas.

—Abajo, en el callejón, está el oro.

—¿Oro?

—El puto oro. Un camión. Oro, joyas. El tesoro. Se lo quitamos a los comunistas.

—Coño.

Era verdad. Un camión pequeño, con dos asientos y unas cajas de madera casi inamovibles. Comencé a preocuparme por la estabilidad del pesquero. Esperamos a que cayera la noche y acudimos al puerto. El piquete de soldados estaba formado por tíos con los que había bebido por días. No nos molestaron, ni siquiera nos pidieron el permiso por escrito que estaban obligados a solicitar. Les dimos unos paquetes de cigarrillos franceses y se quedaron encantados.

Tardamos una buena hora en dar con el barquito y luego en despertar al capitán, que se asombró al vernos y gruñó por el peso excesivo de las cajas. Le dijimos que eran botellas y no volvió a preguntar. Resultaron ser cincuenta: pesaban como trescientas. El barco, por suerte, resistió. A final de cuentas, el pescado pesa tanto como el oro.

Allí fue que León, tu jodido hermano, se negó a subir a bordo. Dijo que tomaría el camión y volvería al frente. No es que hubiera una discusión. Luego de años de penurias no voy a contarte nada. Guillermo ni siquiera trató de convencerlo. Dijo, muy seguro, pues me voy a Colombia, y León aceptó. Me quedo aquí y a la mierda, dijo. Eligió una caja, la más pequeña que vio, y tuvimos que suplicarle que la cambiara porque dentro sólo había cucharas.

Lo abracé y me dio un par de palmadas en la espalda. Nunca antes hizo algo así. ¿Lo imaginas, abrazando? Era un árbol. Con Guillermo sólo cruzó un gesto. Tu primo nunca se creyó del todo el asunto del sindicato, qué le vamos a hacer. Quizá era más sensato.

Ya te contaré la travesía hasta Casablanca, que no estuvo exenta de aventuras. Allí nos separamos, porque yo no tenía intenciones de embarcarme a Colombia. Terminé en Cuba y allí encontré a mi chica... Luego, hace un par de años, cuando supuse que el asunto del oro estaría ya olvidado, decidimos venir a Méjico. Espero que el negocio nos dé buen dinero. Algún día nos iremos a California. Con mi voz y la pinta de Ada, lo mismo terminamos estrellas de cine.

León, sí. No volví a saber nada por años. Ni siquiera de Guillermo supe más, me quedé con que se marchó a Colombia.

Conociéndolo, imagino que llegó con bien. Vendimos todo en Casablanca y aunque los compradores franceses eran unos vivos y unos hijos de mala madre y nos dieron menos de la mitad de lo que hubiera valido la mercancía en París, fue suficiente para vivir con holgura.

Pero la vida no es tan puta, querido. ¿Sabes qué tengo aquí? Mira, déjame que saque la cartera. Aquí está. Es una revista, el pedazo de una revista, de agosto del cuarenta y cuatro. Está en francés, la vi por casualidad en la barbería. Hace menos de dos años que salió. ¿Ves esto? Es París. Los aliados en París, luego de echar a los putos nazis. Y ésta de aquí es la bandera de la República, la del tanque, sí. Son los nuestros, coño, entrando a saco a París. ¿Y éste? La puta madre de Cristo si no es León el de allí, con el rifle al hombro. Míralo, míralo. Está de pie.

A Del Val se le había apagado la voz. Yago le devolvió el recorte y él lo guardó en la cartera y ésta en la solapa.

Se miraron en silencio, los ojos arrasados.

Méjico, alrededor, rugía.

EN EL SINDICATO, INGENUOS, CONSINTIERON EL PASO del Concho a la bodega. El pretexto era encontrar los documentos personales anexados a su expediente. Sabía, y cualquiera podría deducir, que habrían sido quemados años antes y ni en el archivo muerto iban a aparecer pero un par de billetes convencieron al vigilante de que nada se perdía con permitirle rebuscar.

Nadie había ordenado los anaqueles en dos o tres lustros, dedujo con esperanza al mirar, a la luz de una linterna de mano, el apilamiento de cajas y muebles provenientes de la remesa de porquerías de aserrín aglomerado con que el Mariachito sustituyó los mastodontes de cedro y abedul que le había permitido vender a Catalina. La Profesora ya compró armatostes propios, se dijo.

Allí estaba lo que quería, bajo la puertecita de lámina que servía de pedestal al busto de uno de los fundadores del sindicato, Otilio Chapa −que llegó a ser diputado pero luego, como era inevitable, cayó en desgracia y cuyo monumento había sido almacenado desde los años setenta como el trasto que era.

El bolso crujió al ser extirpado de su escondite. Contenía algo así como cincuenta mil dólares en billetes de baja denominación, que el Mariachito mantenía ocultos para salir al paso de una urgencia. Las cuentas bancarias y los bienes de los ferrocarrileros, que el Pinche Gordo llegó a emplear como propios, habían sido incautados a los pocos días de su muerte. Y su herencia pasó a manos de la eufórica viuda porque había testamento de por medio y a la Profesora y al Cejas les importó muy poco que conservara casas y dinero si no volvía a inmiscuirse. Pero de la caja chica no sabía nadie más.

La piel de imitación se había rajado y sólo el forro de poliéster la mantenía unida con el exterior e impedía que los billetes se desparramaran. Si nadie había echado en falta el dinero hasta el momento quedaba claro que nadie lo reclamaría. Al salir, sin embargo, procuró dejar el bolso a la altura de sus rodillas para no llamar la atención del vigilante. Se detuvo frente a la caseta y con gesto de compunción pidió hablar con el Cejas, ascendido ahora a secretario general (ni pensar en acceder a la Profesora, lideresa intocable que no despachaba allí sino en una oficina en el centro, según le informaron). El vigilante sonrió: el Cejas asomaba dos o tres veces por semana, a lo sumo, y en viernes no se le esperaba. El Concho replicó que quizá volvería, a ver si mejoraba la suerte: necesitaba los papeles para buscarse un empleo. El vigilante asintió pero ya estaba mirando el televisor: el visitante y sus cuitas le valían madre. No lo siguió con la vista ni se enteró de la existencia del bolso cuando el Concho se fue.

Paseó por centros comerciales y restaurantes sin gastar en exceso. Pensaba conseguirse un par de buenas armas pero de momento no deseaba que nadie reparara en un tipo que se desprendía de los dólares con la facilidad que un árbol deja caer las hojas. Se esmeraba en recordar momentos concretos del pasado, tanto preferidos como bajos: la golpiza en el cerro, la caída del Mariachito, su diagnóstico, la muerte de su hombre y, en cambio, las tardes de basquetbol, las tibias noches de besos en la celda. A veces, en el hotel, lloraba, se mecía en la cama por horas, sudoroso. Otras, amanecía entero y se largaba a pasear por cafés y tiendas del oeste de la ciudad.

Allí, en el laberinto de un centro comercial luminoso y repleto y de manera absolutamente azarosa, volvió a mirar al enemigo a la cara.

Omar, incluso con ropa limpia y barba bien dibujada, era el mismo cabrón cobarde. Caminaba un metro detrás de su mujer e hija, concentrado en el avance intermitente de los mellizos. Parecía, pensó el Concho, un perro fino: obediente, desdeñoso. No sintió ira esta vez, hasta que él volteó y lo reconoció. Omar volvió a sus tareas con aparente serenidad, como si hubiera observado algo menos terrible que un diablo de pastorela. Esa aparente falta de respeto ante quien había tratado activa y directamente de asesinarlo desató la irritación del Concho.

Los siguió y no se dejó ver en el supermercado al que entraron y al cual se coló por la puerta lateral. No pretendía, de momento, acercarse. Observó a la distancia al clan: la mujer, delgada e insuflada de autoridad; la hija, bonita y callada; los pequeños alborotadores y el padre solícito. No intentó entender, observó y asimiló. Había recorrido con pies destrozados su ruta; su rival había encontrado vías más tersas. La atmósfera, en la familia enemiga, era de guasa y serenidad. No los envidió. Tampoco experimentó ninguna clase de afecto.

Se esforzó por recordar al Mariachito, su apoyo, su olor. No pudo. El tiempo había caminado sobre su cabeza y demasiadas paladas de tierra le pesaban en las espaldas. Se entregó a una suerte de fascinación ante su propio estado expectante y pasivo.

Omar no pensaba lo mismo. Cuando tuvo la mala fortuna de encontrarse con la mirada del Concho, por segunda vez en pocos días, ensayó una inclinación de cabeza que podría ser tomada por saludo. La primera idea que lo asaltó fue hacerle alguna clase de seña al cabrón, llevárselo aparte y ofrecerle dinero para irse de allí (con «allí» quería decir un círculo de diez millones de kilómetros alrededor de su familia).

El Concho, claro, no respondió. Alguna satisfacción le proporcionaba descubrir que, tantos años después, su sombra le metía el miedo en el cuerpo al chamaquito pendejo: nunca se envejece ante quienes tememos.

El odio le llegaba a las venas azuzado por un caudal de recuerdos y olores. Le hubiera gustado humillarlo, darle de bofetones quizá, o tenerlo a disposición en una cama y, al contrario de su costumbre, no inclinarse y resignarle el lomo sino reducirlo, insultarlo, escupirle, vaciarse en él y olvidarlo después.

Olvidar sonaba bien.

Luego de una noche de cerveza y reposo, el Concho volvió a repasar el encuentro con Omar. Rodeado de esposa e hijos adquiría un aire de felicidad que le resultaba exasperante. Aún le daban ganas, vaya, de chingárselo, y lo excitaba cada vez más la posibilidad de raptarlo y obligarlo a realizarle cualquier servicio lúbrico concebible antes de pegarle un tiro (la idea había sido una de las tantas que habían encendido su imaginación y gobernado sus sesiones de onanismo en la cárcel).

Sin embargo, luego de algunas visitas del botones del hotel aderezadas por alguna raya de coca, porno mediocre entrevisto en el televisor y tres o cuatro duchazos, el Concho no había tomado aún una decisión. Un plan maestro involucraría vengarse, claro, pero además hacerles un daño permanente a la mujer y los niños. Eso complicaba las cosas. Habría que cranearle más, se dijo. Consiguió estimularse con una pelea de box y, luego del alivio manual, durmió con la cabeza apaciguada.

Primero que nada se daría una vuelta por su pueblo, decidió al despertar brevemente, sacudido por un acceso de tos. Pasearía por el cerro, se sentaría en los bares donde su madre había aposentado las nalgas por años y se levantaría a los hombres que financiaron la vida adulta de la mujer a fuerza de coitos. Allí, sentado a la orilla de la fuente de su odio, decidiría el método para exterminar a sus enemigos.

Sonaba como un plan.

La temperatura era ideal en San Tomasito al amanecer: fresca y preñada de expectación. Las faldas del cerro lucían abandonadas y ni las cabras pastaban ya por allí. Condenadas a fungir como contenedores de basura, privadas de cultivo porque los campesinos y sus hijos se largaban a la primera helada, las tierras se habían convertido en refugio de perros hambrientos. Allí, entre matas, se encontró uno: canela, flaco y diminuto, roía un elote con desesperación. En la vida hay símbolos ineludibles, se dijo (no: solamente pensó «un perro» y lo quiso para él). Lo tomó en brazos, decidió quedárselo. Al bajar al pueblo le compró alimento y enseres. También una cobija. El animal, aterrado, lo miraba con ojos redondos y limpios y se torcía al descubrirse observado.

La casa de lámina había sido derribada y en su lugar se encontraba una construcción indistinta, abandonada, que quizá intentó ser una gasolinera. No le apenó saber que el domicilio de su madre, muerta hacía tanto, esos muros, adobes, paredes y tejas, había sido machacado y devuelto al cerro. Le acomodó un catre al perro en el asiento trasero del automóvil y dejó un plato con croquetas y otro con agua a su alcance. Caminó y la euforia le fue ganando ante cada rostro con el que se cruzaba sin recibir señales de reconocimiento. Ya no daba ni para recuerdo, se dijo: miró a dos o tres hombres idénticos a sus violadores del cerro y no atinó a saber si eran ellos o sus hijos inimaginables. Se sentía enérgico, como si las medicinas que tomaba fueran suficientes para sanarlo del mal. El sol lo hizo sudar y sintió que la humedad lo limpiaba. Dio más vueltas de las necesarias, vagó por horas.

A media tarde se metió al bar más cochambroso que encontró, pidió una botella y pasó la noche entre la mesa y un cuartito al fondo, en donde pagó por cohabitar con muchachitos tatuados, con cejas delgadísimas y camiseta sin mangas, que lo abordaban al verlo pagar una y otra ronda y se le insinuaban sin trámites. Algunos le mostraban fotografías de sus novias y el Concho las miraba con piedad y humor: jovencísimas, desnudas, mostraban a la cámara lo que en casa y escuela les habían pedido ocultar. Prefería a esos, que se ponían cursis una vez vaciados y le contaban sus vidas, que a los que escapaban como un incendio apenas subirse los calzones.

Descubrió al final, con turbación y alguna sonrisa, que los muchachitos le recordaban a Omar y que su enemigo, ahora, le parecía guapo. Decidió, mientras fumaba y se recomponía la ropa, que tenía que olvidarse de aquel puto asunto de la venganza y enterrar su obsesión. Cuál era el sentido de matar. Para qué. Tenía dinero, podría conseguir algún empleo. Había en el mundo más muchachitos que hierbas en el cerro.

Por la madrugada se encontró con que el automóvil seguía donde lo dejó, el perrito dormía y el pueblo, silencioso, lo ignoraba a cabalidad. Se sintió satisfecho. Arrancó sin aspavientos y se encaminó a la ciudad. Había tenido suficiente con el paseo y sus retozos. Vaya manera de reconciliarse con San Tomasito. Una punzada en el costado se le extendió al colocarse el cinturón de seguridad. Trató de acallarla con una pastilla.

Terminó el fin de semana postrado. El dolor hacía que se sintiera oprimido por la debilidad. Las luces de la calle atravesaban la cortina y el Concho se concentraba en tranquilizar al perro. Lo había vacunado apenas volver a la ciudad, y pasó un par de horas inquietas y, por momentos, febriles.

Recuperó el apetito por la noche y lameteó el plato y las manos de su amo, que lo achuchaba con la esperanza de reanimarlo. Muchos hablaban con sus mascotas pero al Concho le resultaba innecesario. No tenía ningún comentario ingenioso por hacer.

Los golpes en la puerta de su habitación lo sobresaltaron. ¿Había llamado al botones y no era capaz de recordarlo?

El animal corrió a ocultarse bajo la cama.

CIUDAD DE MÉJICO, 1946, A LA VUELTA DE VERACRUZ

A VECES, UNA DE LAS GEMAS DE LA CIUDAD SE HUNDÍA en el pantano y no regresaba a la superficie. Parecía ser uno de esos días.

El aire grasiento de los tianguis emporcaba la respiración; en otras calles, el plomo del combustible la requemaba; unas manzanas allá el olor que gobernaba era la mierda humana. Esa tarde, los tres millones de seres y fracción que el periódico afirmaba que vivían en esa urbe repleta como un país eran todos monstruos: rezongaban, desfilaban, se excitaban, observaban el paso de los Almansa con caninos asomados y lengua goteante. En la esquina donde cazaron un taxi –que como urgía, tardó en pasar– Yago se alegró, como llevaba alegrándose por años de que siguieran vivos, de que al menos sus niños hubieran desayunado antes de que Lara los encontrara y les sacara las tripas.

Mandó a la María a que se encerrara con ellos en el piso nuevo, el que alquilaron cuando Zapata, el sobrino del andaluz, le dio el empleo en la farmacéutica. La besó en la mejilla como si no fuera a volver. Ella sólo aventuró unas frases lacónicas, en respuesta: ninguno de los dos gustaba de los giros desgarrados de las zarzuelas.

Luego del encuentro con Lara y la visión del autobús abrasado en la carretera, quedaba claro que no podían esconderse por siempre. Pero tenían sangre escapista. Sus ancestros habían sido judíos conversos a punta de espada y más tarde herreros que cambiaron los azadones por pistolas y se echaron al monte en la invasión francesa; protestantes *in pectore* en medio de La Mancha católica; republicanos en país de monárquicos; anarquistas enfrentados a quienes veneraban a ese Cristo tétrico que era Stalin.

Él, ahora, era un cojo que renqueaba en busca del cabaret de Del Val y un poco de ayuda. No estaba dispuesto a guiar a Lara, si es que lo estaba siguiendo, a su oficina y mucho menos a su hogar. Necesitaba un lugar donde planear el enésimo escape. Recordó que en la farmacéutica habían pegado un cartel que ofrecía plazas en Guadalajara, una ciudad a cientos de kilómetros, que tenía fama de atrasada y en la que, bendito el destino, había pocos españoles. No quería volver a verlos en la vida. Pediría el cambio. Si es que seguía vivo, se dijo, y rio al pensarlo.

El problema cardinal, en ese momento, era su pierna, ese muñón seco que lo baldaba y lo reducía a la velocidad de un caracol. Su puta pierna y las piernas de la puta de la María, se dijo al fin, perdidos los estribos: mucho vestido y salidas al muelle en Barcelona y Santo Domingo. ¿Y el dinero con el que pudieron escapar, una y otra vez, de dónde coños había salido?

Le latían la espalda y el pecho. Se dio ánimos con la imagen fantasmal del tipo que quizá fuese León: de pie como un santo en aquel tanque, con el fusil y bajo la bandera de la República, aplaudido por los gabachos como un antiguo dios o un nuevo Prometeo.

Cuando descubrió la sombra de Lara a la vuelta del negocio de su amigo supo que había sido un imbécil. Su viejo rival no ignoraba, claro, que Del Val era de los suyos (aunque no sabría, claro, de su participación en el golpe del oro o lo hubiera destazado). Lo había localizado y concluido, correctamente, que acudiría a él.

Pero no era el oro lo que Lara quería sino la cabeza de Yago Almansa. Lo había intentado en Madrid y entonces León lo había impedido. Pero León ya era un cuento perdido en los márgenes de una revista. Si estuviera aquí, pensó Yago retrocediendo con torpeza... Pero no está.

En aquel momento dio con el costado del cabaret. A través de la ventana le hizo una seña a Del Val que en el fondo no quería decir nada. Su amigo lo miró, demudado. La cara sin sangre y los tropezones del cojo no podían ser nada bueno, pensó. Lo llamó con ademanes desesperados y Yago quiso avanzar hacia él. Pero el intruso se había adelantado: le cortó el camino a la puertezuela del local y debió tomar otra ruta.

Apenas los perdió de vista, Del Val abrió el cajoncito donde guardaba las armas y empuñó, a la vez, el teléfono.

Yago huyó por calles negras y supo que los pasos que escuchaba como un eco cuando doblaba cada esquina eran de su perseguidor. Dejó de pensar cuando se le agolparon en la mente los rostros de sus hijos, el cuerpo de su mujer (esas piernas eternas como la montaña), la voz pastosa de Ramón. Apenas pudo rememorar a Mina fusilado, a Durruti muerto por un tiro accidental, pegado o pagado sabría el destino por quién. Pero ellos habían sido héroes y él sólo un lisiado, un despojo de guerra.

Luego de dar vueltas sin rumbo por esquinas que desconocía y calles que se extendían hacia sitios indeterminados, Yago se descubrió, de pronto, metido en un callejón tan estrecho que no parecía posible salir.

Había en el aire un aroma agrio, de basura pasada. El esqueleto cubierto de óxido de un autobús cerraba el paso. Un gato paseaba por la cornisa de un edificio: hubiera querido tener su agilidad para el salto. Pero no. Era un puto cojo. Quiso volver hacia la bocacalle pero la silueta oscura estaba ya ante él, a diez o doce metros, manos en los bolsillos y la lucecita de un cigarro en la boca. Voluntariamente convertido en un demonio de pasos lentos y definitivos, Lara lo alcanzó. Sus zapatos resonaron con la misma deliberación y parsimonia con que lo había perseguido desde Madrid, a través del mar, y desde Veracruz y a través de ese nudo de callejones de mala muerte.

No dijo nada, no volvió a preguntar por el oro: aquello era un pretexto. Sacó la navaja, quizá la misma que llevó consigo desde los años de la carnicería, el edificio y su olvidada y ruda amistad. Sonreía tan sutilmente que sólo Yago podría haberse dado cuenta de que lo hacía (y lo hizo). Se concentraba, Lara, en ejecutar la escena que durante años incontables había concebido y acariciado.

Yago retrocedió. Allí terminaba todo. No habría otras banderas ni otras mañanas. No habría otro mar. Acababa así la guerra, la que había arrasado con su generación de destructores.

Abrió bien los ojos para mirar lo que venía.

La sombra le propinó un derechazo que lo derrumbó.

No podía quedarse allí. Había huido demasiado tiempo, había cruzado demasiada tierra como para abandonarse.

Su hermano había conquistado el mundo y él no iba a rendirse.

Se apellidaba Almansa.

Apretó los puños y se lanzó sobre el enemigo.

Un revés lo devolvió a los suelos.

Un disparo.

Ese estruendo sólo podía ser un disparo.

Lara perdió el aplomo y se giró, navaja en mano. El segundo tiro le hizo blanco en mitad del abdomen y milagrosamente no perforó también a Yago, que, abatido, sintió el yeso del muro saltar sobre sí. Se cubrió la cara con los brazos, gimiendo como un crío.

Lara, de rodillas, hipaba.

La María lo enfrentó.

La pistola se la había dado Del Val, que andaría por otro callejón, con su propia arma, buscándolos.

Pero ella no necesitaba de niñeras.

Acomodó el cañón en la frente de Lara, en el justo medio de los ojos.

Él apretaba los dientes, todo un mundo a punto de disolverse le herviría en la memoria. No desvió la mirada.

Así hizo siempre la familia:

Un tiro en el vientre para que sufriera.

Otro en la cabeza para que dejara de sufrir.

Nadie acudió al estruendo.

Un balazo en Méjico era una flor en el jardín o la lluvia en la cara, un fenómeno que no importaba a nadie, salvo a quien gozara de él.

Fue un tormento levantar a Yago. Sangraba por nariz y boca y miraba a su mujer con algo semejante al horror. Salieron del callejón tras largos y sudorosos esfuerzos. El automóvil de Del Val, largo como una carroza, daba vuelta a velocidad exagerada y tuvo que frenarse en seco. Su amigo se precipitó a socorrerlos y entre la María y él consiguieron subir al asiento a un Yago a punto de desvanecerse.

Ada, sin sombrero y con maquillaje mínimo que revelaba que había salido disparada del cabaret, los miraba con cejas alzadas: un par de puentes sobre un río. El automóvil se movió. Una repentina lluvia escurría por las ventanillas. Mermó apenas enfilaron hacia las claridades de la Alameda.

Yago se llevaba la mano al mentón, al punto exacto donde el segundo golpe de Lara lo había conectado. Ardía. No aguantaba la pierna pero tampoco deseaba quejarse.

La María lo abrazaba, le besaba la frente y el pecho. Del Val pisó a fondo el pedal. Murmuraba todo tipo de frases grandilocuentes y disparatadas y los comparaba lo mismo con el César y el Cid que con Rosa Luxemburgo. Conservaba aún los arrestos de un tenor. Ada lo acompañó luego de algún titubeo. El automóvil se sacudía como una tabla en el mar.

De las bombas se ríen
De las bombas se ríen
De las bombas se ríen
Mamita mía, los madrileños

—La niña ya está en edad de estudiar –susurró la María mientras su marido le secaba las lágrimas–. Hay que buscarle colegio.

Pasaron cinco o diez calles antes de que Yago se incorporara.

—¿Y los nenes?

—En casa.

—¿Los dejaste solos?

Su mujer lo miró con reproche.

—Son grandes ya.

Yago cerró los ojos.

E L PLAN DE OMAR, LUEGO DE LAS VACILACIONES QUE consumieron su mañana, quedó así: llevaría al hotel del Concho una maleta con cien mil pesos, le explicaría que su vida no era la de ayer y que aquello, la valija, era una recompensa por el pasado (habría podido darle un millón pero era necesario medir, primero, si la táctica funcionaba: un discurso convincente sobre el paso de los años, la necesidad de dejarles algo a los seres queridos… el perdón y el alejamiento; eso era lo principal). Si el Concho aceptaba, se encargaría de grabarlo con el teléfono, de algún modo, para cimentar una denuncia por extorsión. Si no, trataría de huir.

No tenía idea de a quién recurrir para hacerse de una pistola. Rebuscó entre las cajas del cuarto de los tiliches y no encontró nada más amenazador que un abrecartas damasquinado que su madre trajo de España y él usó durante un tiempo para desazolvar las tuberías en su departamento. Era un espadín en miniatura, empuñadura caracoleada y un letrero poco marcial en letra artificiosa: «Recuerdo de Toledo». Ni siquiera estaba afilado; al pasar el dedo por el borde se percibía el polvo y los restos endurecidos de la mierda que removió de caños y tapaderas. En otra caja apareció la piedra de afilar. Frotó la hoja mientras le buscaba defectos a su plan, que los tenía todos, y se cegaba ante ellos, incapaz de dar con una salida mejor.

Uno de los gemelos tuvo a bien asomarse y Omar escondió el abrecartas en el bolsillo para evitar preguntas. El niño sólo quería el permiso oficial para comer galletas y el apoyo logístico para bajarlas de la alacena, así que hubo que escoltarlo, mediar en el pleito con el hermano, que prefería fruta, y observarlos devorar las golosinas con la sensación pavorosa de que aquellos dos engendros magníficos podrían evaporarse en cualquier momento.

No era fácil darse valor.

Su plan no resistió la mirada desorbitada que le dirigió el Concho al abrir la puerta. Había pensado algunas frases para un discurso explicativo, seductor, que lo convenciera de perdonarlo y alejarse. Pero cuando lo tuvo enfrente sólo atinó a llevarse la mano enguantada al bolsillo y extraer la espadita toledana.

El Concho no intentó retroceder. Volteó, como un niño, a buscar los ojos de su perro, esa nariz asomada bajo el colchón. La primera cuchillada se le metió por el estómago y lo mandó al suelo. Omar le dio un empellón recámara adentro y cerró la puerta tras de sí.

Las palabras no atinaban a salirle de la boca. No veía a un hombre herido, sólo a sus propios hijos: crucificados, hervidos en aceite, latigueados, abiertos en canal. Una rabia sorda lo impulsó a darle de tajos en el pecho al Concho. Le pateó la cara cuando comenzó a convulsionarse y sintió que su pie reventaba un hueso. Resopló.

El perro chilló y Omar se detuvo. El animal abandonó su escondite y, pasando por encima del cuerpo de su amo, se le enfrentó. Emitió uno o dos ladridos alegres. Su cola giraba. Confuso, Omar lo tomó del suelo y lo sujetó en las manos: la bestezuela palpitaba.

Allá abajo el Concho, lacio, se dejaba sangrar. Las heridas en su abdomen y rostro y el dolor del costado no lo turbaban. Ya no.

Estaba en mitad de un maizal: sometido, el culo roto, la cabeza y las piernas y brazos molidos a golpes. Abrió los ojos y observó el cielo claro de la montaña. Un grumo de sangre le anegó la vista. Dejó de ver.

Omar encontró a sus pies el bolso negro repleto de dólares. Pegó un bufido intraducible. Lo agarró; decidió llevarse al perro también. Pesaba poco, era un bultito cálido. El nudo de palabras le apretaba el gañote. Tras la puerta estaba la maleta, a medio pasillo, tal y donde la había dejado. Cien mil pesos, supo rumiar, y nadie fue para robarlos.

Bajó por la escalera hacia la puerta que asomaba a la calle y por la que solían salir, con toda circunspección, las prostitutas, los vendedores de cocaína. Van a tener que poner una cámara ahora, pensó sin ironía. Sudaba como un loco. Sentía empapados los calzones y los pies se le escurrían dentro de los calcetines como si pisara hielo.

El primer taxista no se detuvo pero al segundo, un hombre mayor y algo corto de vista, le pareció confiable y bien vestido, con su gabardina y su camisa. Le dio lástima verlo lidiar con los bolsos y el perro y se orilló para facilitarle el abordaje. No notó las manchas marrones en las mangas y los guantes ni las salpicaduras incriminatorias en la pechera del saco, que Omar, previsor, escondió detrás del jadeo y el remolineo del animalito. Dio una dirección a tres o cuatro calles de la suya, por si alguna improbable pesquisa policial llegaba hasta ese extremo. Bah: jamás pasaría. Ante el cadáver de un exconvicto, la policía no haría otra cosa que encogerse de hombros y sonreír.

Se pusieron en movimiento. En la radio, una locutora peroraba sobre planes vacacionales: ¿Nueva York, Londres, París, Madrid?

Para Omar no había duda. Eternamente, Madrid.

Se dio cuenta de que apestaba a sudor y algo indiscernible, que debía ser testosterona pura, al quitarse la gabardina. La colgó en el respaldo de una silla de la cocina. Tenía buenas razones para estar sucio, se dijo. Semanas sin dormir y días sin bañarse, semanas de dar vueltas por la calle, y días de sentarse en cafés e inundarse de miedo. Y una batalla final que, al paso de los minutos, mientras el pavor se evaporaba, comenzaba a antojársele gloriosa.

Al perro le improvisó un nido en una caja de cartón junto a la lavadora y le puso agua y un trozo de jamón al alcance de las fauces. Los bolsos de billetes los encajó simplemente en el armario de la ropa sucia: ya se encargaría de sacarlos de allí y depositar el dinero en el banco cuando fuera pertinente.

En medio de los arreglos no se dio cuenta de que Liliana estaba de pie a su lado; muda, expectante. No hizo ningún movimiento, se limitó a mirar la mierda roja en sus manos, el repentino animal en el rincón, el rostro extraviado de Omar. Al fin preguntó, con voz turbia, si aquella sangre, que se le iba de los dedos junto con los guantes y que comenzó a lavarse, era suya.

Y cuando supo que no y fue informada de que el Concho no volvería y no habría nunca más una nube en el cielo, se estremeció.

Tenía los labios entreabiertos.

Se abrió la bata. Se miraron con algo que deberíamos transar en reconocerles como felicidad.

El perro, satisfecho tras devorar el jamón, se acomodó a dormir en su caja.

Omar se demoró en recorrer el cuerpo de su mujer, sus grietas, sus sutilezas de fruta mientras ella, adormilada, sonreía. Se levantó de la cama con molicie. Cada miembro, cada centímetro de piernas, brazos y torso le parecían aquietados, plácidos. Regresó a la cocina y recogió la ropa esparcida por todos lados como por una explosión. Se echó encima el gabán, súbitamente preocupado de que alguno de los niños se lo topara así, desnudo. Se aseguró de que el perro tuviera agua y le echó una salchicha que fue recibida con alborozo.

Al volver, le hizo otra caricia a su mujer. Liliana abrió los ojos y sonrió pero volvió al sueño de inmediato.

El espejo del baño le mostró un tipo canoso, sin afeitar. Arrugas alrededor de los ojos, el pecho cubierto de hebras blancas. Del bolsillo del gabán obtuvo el abrecartas: su espada triunfadora. La metió bajo el chorro del agua para retirarle toda señal de crimen. El gabán sería bueno echarlo a lavar con una dosis de cloro y olvidarlo en algún ropero durante diez o quince años, se dijo. Para reforzar el punto, se lo quitó de encima y lo dobló sobre sí, formando un apretado bulto que dejó, de momento, sobre el retrete.

Jamás le había interesado su propio cuerpo. Ahora, frente al espejo, no se reconocía. Tomó en su mano el abrecartas, lo levantó sobre la cabeza con dedos acalambrados y compuso un ademán de ferocidad: colmillos, músculos tiesos.

Llamó a Juanita por teléfono. No recibió respuesta y le dejó un mensaje que decía: ya hice lo que tocaba, señora Almansa. Somos los que somos.

La boca le sabía dulce.

El cuerpo de su mujer, en la cama, se cimbró ante su tacto.

Rompió a cantar.

3

Spanish bombs
rock the province
I'm hearing music
from another time

TOLEDO, 2014

SE PIDIÓ UNA MAGDALENA Y PARA ACOMPAÑARLA UN café que olfateó con mohín de desagrado. Leyó el diario: un artículo sobre una mujer, sueca ella, que vivió avergonzada durante años porque su examante subió a internet unas fotografías de su cuerpo desnudo. Era una activista, la sueca, y cada vez que alguno de sus enemigos –no aclaraba el texto si se trataba de gobiernos aviesos, machistas conspicuos o devoradores de carne– quería sacarla de equilibrio, las imágenes de su pubis y senos volvían a las redes. La solución fue lanzarse al vacío: con ayuda de un fotógrafo se hizo una sesión de fotos explícitas. Aquí estoy, para quien quiera, y estas fotos sí me gustan, dijo en su web. Y ahora volvamos a discutir sobre lo importante. Juanita se empinó el café con un sabor triunfal endulzándole el paladar. Qué mal café.

El cliente apareció a las once y media, tarde para la cita. No se le veía apurado: con el periódico bajo el brazo, su figura alargada rebuscaba sin prisas a la vendedora entre las caras enrojecidas por el frío. Juanita decidió no facilitarle las cosas y se amparó en la lectura (prometió en su mente buscar las fotos de la sueca apenas regresara a la oficina y, a la vez, se burló de la paradoja que representaba su apetito por verlas), hasta que el tipo, luego de las inevitables vueltas en círculos, la reconoció como la persona a quien buscaba.

Siéntese, pídase un tecito, que aquí no tienen idea de cómo hacer una taza de café, le dijo ella. Ya cometí el error de beberlo. Sonrió él y obedeció incluso en el encargo de una yerbabuena al mozo. Se peinó la barba con los dedos y enlazó las manos. Sus ojos recorrían los cincuenta metros cuadrados del café sin detenerse, inquietos como insectos. Estaba quedándose calvo.

No debía ser gran conversador porque entregó el portafolios con el dinero antes siquiera de inquirir cómo era que Juanita se había hecho con el manuscrito. Dos o tres preguntas bastaron para dejar en claro que no era un apasionado del asunto, de ningún modo, sino un intermediario enviado para evitarles el paseo a unos funcionarios. Mi negocio es el tequila, lo traemos desde México y lo revendemos en once países. Está usted haciéndose millonario ahora mismo, entonces. No va mal, repuso, con recato y ojos modestos.

Y no quiere saber, de verdad, no piensa contarles a sus jefes el cuento del libro, dijo Juanita, atreviéndose de nuevo con su propio café, al que volvió a detestar apenas sentirlo en la boca. No son mis jefes: es que tengo un amigo en la embajada. Estudiamos juntos en Guadalajara. Ah, dicen que es linda; yo tengo familia allá: mi primito. ¿En serio? No diría que es linda, ya no. La ciudad está peor cada vez. Mucho peor.

Juanita saboreaba, por lo general, ese momento: narrar las maneras inauditas en que los manuscritos se perdían, eran recuperados y obtenidos. Esta vez estaba de prisa. No se veía con el chulo de mierda sino por la tarde pero necesitaba tomar previsiones y le gustaba llegar bien descansada a reuniones como ésa.

Mire, es sencillo. Este tipo que escribió esto era un mexicano, ¿ve? Vivía en Francia, con su mujer. Tomó un avión a Colombia en el año ochentaitrés, invitado a un encuentro literario. Era famoso, sabe usted, aunque no tanto como otros. Creo que nunca pensaron en él para embajador ni nada así. Pero lo leían. El tipo estaba metido en una novela y se la llevó con él. El avión hizo escala en Madrid y al despegar terminó en una colina, hecho mierda. Dicen que sólo encontraron un zapato del *man*, al menos eso publicó uno que se decía su amigo. Un zapato, sí. El escritor y su novela ardieron, según la historia.

Pero no fue para tanto. Digo, el pobre se fue al cielo, al menos como humito. Pero la novela no, mire. El atado de hojas iba en el equipaje de mano, una de esas maletitas de piel en donde echa uno el pasaporte y el cepillo dental. Pensaba revisarla en el avión, digo yo. Parece que iba a tacharle mil cosas. Pero no: mientras esperaba abordar, todavía en París, la maletita desapareció. No sé si se distrajo, la perdió de vista o lo entretuvieron de algún modo. El asunto es que se perdió.

El *man* se puso como energúmeno y presentó la denuncia en el mostrador de la policía. Apenas entendieron su furioso francés pero lo vieron tan disgustado que, en vez de encogerse de hombros, le prometieron buscar. A punto estuvo de perder el avión, figúrese, y le habría convenido. Pero no: volvió a la sala y ya sabemos lo que pasó. Lástima.

En cuanto a la maleta, nadie iba a buscarla. Los robos de equipaje siempre fueron cosa normal en París. Sí, el Charles de Gaulle, ya sabe. Como el denunciante no volvió a pedir cuentas porque estaba muerto, archivaron el asunto.

No me queda claro quién se hizo del manuscrito en primer lugar. Debió ser un ladrón corriente, sin idea de lo que tenía entre manos, porque la primera noticia del hallazgo tardó treinta años en llegar. Me imagino que era alguien peculiar: no hablaba palabra de castellano pero tuvo suficiente curiosidad para no echar las hojas a la basura y suficiente pereza para no buscarles destino.

Fue un amigo uruguayo, que se dedica a tasar rarezas en una librería, cerca de Pigalle, quien me dio la señal. Dijo que una mujer mayor, guapa y de aspecto eslavo, se presentó a solicitar informes de un original. Mi amigo es un jaguar y tardó diez minutos en dar en el computador con el novelista y saber que aquello valía. Se las arregló para sacarle el manuscrito a la dama por menos de mil euros pero sus habilidades (o interés) no dieron para escrutar la historia entera. Ella dijo, nada más, que los papeles habían aparecido entre las cosas de un abuelo recién fallecido. El ladrón, sin duda.

Como me las he ingeniado para colocarme en este negocio, a costa de muchos años y sufrimientos, ja, fui de los tres o cuatro que recibieron informes del tesorito. Aproveché que mis competidores para estos asuntos están todos al otro lado del mar, me pagué un billete de tren a París y, allí, solté un par de miles por el libro. Me sorprendió, sinceramente, la rapidez con la que sus amigos me hicieron la oferta.

El mexicano había sobrellevado la historia sumergido en la contemplación de la cutícula de sus uñas. De tanto en tanto, tecleaba en el teléfono mensajes dirigidos a quienes lo enviaban. Recibió la cajita sin aspavientos y Juanita tuvo que detenerle la mano, cuando se la estrechó, para evitar que huyera.

¿Y sus amigos piensan publicar el libro?, preguntó. El muchacho infló los carrillos y jugó con el aire antes de dejarlo escapar. No, parece que no. La embajada solamente tramita la petición de un coleccionista, creo. No tienen ganas de que nada de esto salga ahora mismo, creo. Creo.

Juanita sintió vibrar el teléfono en su costado. Lo había silenciado pero su terca sacudida indicaba que el primito imbécil seguía náufrago de angustias y solicitaba consejo. No tenía tiempo para huevadas ahora mismo. Por la mañana le había respondido ya una llamada y lo regañó por irresoluto y apocado. Le dijo que hiciera lo que le tocaba y se lo quitó de encima. Lamentaba gritarle, porque le tenía aprecio, pero había gente que necesitaba una patada en el culo.

Entregó la hojita de confidencialidad y el tipo tuvo que ponerse unos lentes y releerla tres o cuatro veces antes de enterarse de su utilidad. Cuando sus cejas mostraron, al fin, que entendía que aquello era buenísimo para su causa, sonrió por primera vez y ensayó una reverencia para la vendedora.

Juanita lo vio marcharse con pena. *Isabel cantaba* se quedaría en el limbo, también. Soy una hacedora de inéditos, se dijo con autoconmiseración. Dio otro sorbo al café y tuvo que apretar los ojos porque sabía muy mal.

Se había arriesgado a citar al cliente en Toledo por tres motivos. El primero es que allí tenían a la chica que quería. El segundo, muy obvio, era la necesidad de alejar los acontecimientos de Madrid y mantener la ciudad como sede para una escapatoria viable. El tercero estaba marcándole al teléfono de la habitación del hotel en ese instante.

Era colombiano, como ella, pero tan distinto que nadie hubiera pensado, al verlos juntos, que fueran compatriotas. Abel era pesado, bajito, con pantalones anchos y caídos y la cabeza rapada, ojillos de ídolo y una sonrisa montesa muy apropiada. Se lo habían recomendado hacía años como un proveedor «muy decente». Aún reía por la descripción. La palabra resultaba enternecedora en aquellas calles donde daba pena hablar del sol.

Lo que le traigo, explicó Abel luego de aparecer en su recámara y besarle las dos mejillas, al estilo español, es una piedra de lujo. La mierda que le serviría a su Santidad para celebrar su cumpleaños.

Juanita recordaba haberse metido coca bastante potable durante sus mocedades, como todos en Bogotá, y conocía también el horror imperecedero de la coca española, tan nefasta como el líquido de frenos que llamaban café. Probó la mercancía raspándola de la piedra, que surgió de su empaque plástico como un diamante amarillo, tan sólo con la punta de una uña. Jaló aire. Una bomba, carajo. Una línea directa con el sistema nervioso en mitad de la nariz.

Sonrió. Es usted un lugar común, le dijo al vendedor y él se defendió sacándole la lengua como un niño. Un cliché: si lo miran en una serie de tele los paisanos hacen marcha para quejarse de la caricatura. Dígame si no está buena la piedra, flaquita, respondió Abel, con jactancia. El Santo Padre dice que sí, que es ideal, aceptó ella. Le puso en las manos uno de los fajos de euros que el mexicanito elegante acababa de entregarle y él se los echó a los calzones con gesto experto.

Cuando Abel se marchó, transó en consultar el buzón de su teléfono. Un mensaje del primito. Ya lo hice, ya hice lo que debía. Soy libre y digno. Somos los que somos. Algo así.

Juanita cerró los ojos. Lo tomó como una señal.

El resto del dinero, que era bastante, y la roca entera estaban expuestos en el escritorio del Julián, quien los contemplaba con maravilla. Aún no podía creer que la pinche lesbiana aquella hubiera cumplido la promesa que, alcoholizada, llevaba haciéndole de tanto en tanto: un día me paro en su negocio y le compro a Perlita, decía cada vez que acudía a verla bailar en un bar donde se presentaba, allá en Madrid. Perlita tiene casa y no necesita que la compren, respondía él y la retaba a llegarle al precio y visitarlos en Toledo, en donde se habían instalado de fijo porque era más barato mantener a raya a los Guardias Civiles que en la capital.

Julián era cuadrado como un ataúd pero con una cabeza redonda que hacía pensar en las testas que colgaban de los muros en los bares taurinos. Juanita quiso conocerlo cuando supo, para su disgusto, que Perlita no podía irse a vivir con ella ni aceptarle más salidas porque debía obediencia a un patrón.

Perla era una pantera sudamericana: tendones y nervios, melena y modales exquisitos. La había encontrado meses antes, en un club de Chueca, y acudieron tantas veces al cine durante el verano que Juanita sacó incluso tarjeta de socia en una cadena para que los boletos acumularan puntos con cada función.

Es usted un puto cliché de machorrona con botas y pelito corto y se enamora de una desnudista como una tonta, se dijo Juanita cuando ella confesó su profesión y los impedimentos que existían para convertirse en su chica. Al menos no le compré una sortija el primer día, se consolaba.

No solía beber pero se dio valor antes de presentarse en el putero donde bailaba con varios tragos de ese vodka con naranja que le había enseñado a beber el primito. Allí, luego de algunas sesiones de tortura en las que observaba a

Perla contonearse en las rodillas de mil cerdos distintos, se decidió a enfrentársele al Julián, el mexicano oscuro que la regenteaba.

La opinión de Juanita sobre la explotación sexual era firme: tenía que quedarse con Perla antes de seguirla desaprobando desde el otro lado de un periódico. Pero una vendedora de libros polvorientos e ilustres no era rival para un chulo con cara de llevar varios muertos en el lomo.

Y este dinero y la mierda qué, escupió Julián. No se sentía intimidado por la flaca de metro y medio al otro lado de su rotundo escritorio. La plata es su indemnización; y lo otro, un regalito de Colombia. Las fosas nasales de Julián eran radares de calidad infalible y la piedrecita las hizo felices desde la primera pizca. A la segunda se animó y hasta le convidó a su invitada, que trató de moderarse pero inhaló una cantidad sustancial.

Pronto tenían sendos vasos de brandy dulce ante sí y Julián, muy relajado, explicó que aquello era una pendejada, Perlita no valía nada pero no por eso iba a dejársela. No voy a chingarte porque me parece pocamadre que hagas esto por una vieja, así que me quedo con la lana y te vas sin pedos. Y sin Perla.

Es un abuso, atinó a replicar Juanita. Julián se inclinó para repletarse las narices de polvo. Así va el bisnes, flaquita, date de santos de que no te chingo, de verdad. A lo mejor me ves tranquilo y sin pedos (la realidad es que lo miraba como quien ve materializarse a Satanás frente a sí) pero puedo ser un hijazo de la chingada.

Allá maté cabrones como piojos, pinche flaca. Cuando se cogieron al patrón me vine para acá, porque un compa me dijo que el negocio era tranquilo de este lado. Y sí: ni siquiera necesito banda que ayude, con cuatro viejas saco para vivir sin pedos, las pongo a bailar allá o en este localito y ni hay broncas ni nadie te jode, la policía se conforma con unas mamaditas.

El vodka tornaba a su fin y la piedra se había desmaterializado. Entonces no va a aceptar, insistió Juanita, con quijadas pesadas como la puerta del infierno. Julián no respondió. Miraba la noche.

La segunda piedra salió de un empaque más fino: un relicario con fondo aterciopelado. No sabe usted el miedo de traérmela, confesó Juanita, la metí en cajita de joya por si me paraba la Guardia Civil. La piedra tenía un tono pálido, veteado. El mexicano la aceptó con una reverencia. Pinche mierda la de ustedes, no tiene igual. Neta que no.

Juanita, desinhibida por efecto de las sustancias, se empeñó entonces en referirle la procedencia del dinero que él ya recontaba y comenzaba a guardarse en los bolsillos. Manifestó los detalles del manuscrito y su inesperada aparición, y los más bien tediosos de su encuentro con el intermediario. De no creerse: un hijueputa paga una fortuna por algo que no sabe qué es ni le interesa, dijo.

Julián vaciaba una segunda botella y, limpiándose la boca con el revés de la mano, se mostró de acuerdo. Neta que es una pendejada, yo trataría de averiguar lo que compro y quedármelo para ver si los cabrones que me mandaron triplican la lana. O qué.

Juanita, empapada de vodka y con más coca en el sistema de la que había tenido en veinte años, se sintió anegada por una ola de simpatía. Para contenerla debió evocar a Perlita, voz ronca, mirada taladradora, miembros tensos que abrazaban como cables y sal en el vientre.

¿Sabe usted cómo dice mi primo? *Eres a toda madre*. Así, porque ustedes mientan las madres a cada segundo. Madres y madres. Tienen cinco palabras pero las usan para significar todas las cosas sobre la hijueputa tierra, dijo. Y perdón si me extralimito, gonorrea, perdón si expreso simpatía mientras lo miro. Qué quiere, estas cosas no son las mías. Vendo libros, ligo muchachas, es lo que me gusta. No tratar con pelados de la cabeza y jodidos como usted.

Jodidos, dije. Y no ponga esa cara de espanto, que una señorita también dice esas cosas. Me parece muy jodido que usted se quiera quedar con el dinero, se meta mi polvito y no quiera dejarme a cambio a la Perla. Usted no calcula los sentimientos de una.

Déjeme decirle que no va a ser así. Ya ve que no. Por eso me voy a poner estos guantes y voy a meter a la mochila cada cosita que toqué en este sitio de mierda suyo. Sí, la plata se va, y los vasos y la botella, por qué no. Y ya no digo nada porque si estoy desvariando es culpa de usted, que me puso a hacer desfiguros con estas cosas y no las acostumbro, mire.

Agradézcale a Abel por la piedra amarilla, que era una bendición. La otra hay que agradecérsela al fabricante de raticida y al pendejo que me vendió heroína en la Casa de Campo como quien vende barquillos. Y, bueno, a los que le ponen a una todas esas cosas a la mano en el hipermercado: el anticongelante y eso. Da gusto que usted haya sido tan hombrecito que no tuvo a la mano la pistola, porque una vieja qué le iba a tocar.

Ya no sé ni qué hablo, carajo, si el hijueputa está más muerto que una piedra. Qué risa, oiga.

Había alquilado un convertible y se había preparado para la batalla como un guerrero: botas de casquillo, pantalones entubados, una playera sin mangas con Iggy Pop estampado sobre sus pechos diminutos y una cazadora de plástico con herrajes de metal que se parecía a las que usaban los motonetistas. Se llevó el dinero que encontró por allí, que era muchísimo más que el suyo, y tres teléfonos. Dejó las armas y se alegró por las muchas y variadas pruebas de que el Julián se drogaba, regadas por aquí y allá, porque cualquier policía las tomaría por causa evidente de su fallecimiento y dejaría de escarbar.

Las mujeres, aterradas por el silencio que había sobrevenido, estaban guardadas bajo llave en un cuartito apolillado del fondo. Juanita descubrió sin alegría que todas, la rusa, la africana y la oriental, eran más lindas que Perlita, que fue la última en salir y se le abrazó como un oso.

Yo no sé qué se metió Julián que quedó seco y hay que irse, dijo apresuradamente, y desató con ello una larga controversia y traducciones simultáneas en las diferentes lenguas que las chicas utilizaban para entenderse a falta de una en común. La rusa, blanca como la lepra, dejaba caer lagrimones sobre sus pechos acolchonados. La negrita, vivaracha, asomó al despacho y volvió con las manos sobre la cabeza y una sonrisa inocultable. Perlita y la oriental se consolaban entre sí, trémulas.

No fue fácil conducirlas al descapotable, ni explicarles que era mejor que la Guardia Civil no las encontrara allí y se pusiera pesada con los papeles y las circunstancias del trabajo. Total: por Julián ya nadie podía hacer nada, más que el forense que le encontraría la sangre llena de mierda y luego el sepulturero.

Perla tomó el volante porque el temblor de manos de Juanita era alarmante y sus palabras se tornaban cada minuto más confusas. Las risotadas que pegaba tampoco ayudaban a darle un aspecto de cordura a esa suerte de saltamontes negro con lentes calados en la nariz y los puños tamborileando en el tablero del automóvil. Maniobró hasta salir del laberinto del centro de Toledo, sorteó impaciente los alrededores y al fin pisó el acelerador por la autovía a Madrid. Surcaban campos amarillos a la velocidad de una nave estelar. La planicie de La Mancha relucía bajo de los vientres de las vacas que coronaban el horizonte.

Ya hice lo que tocaba, decía Juanita, y empaté al primo. ¿Qué quiere usted? ¿Que le hable de los gatonejos, esos hijos secretos de Europa? ¿De matar y huir como bichos para que no te pongan las botas encima? ¿De mi abuelito robándose el camión del oro, en la guerra? ¿O de mi tío abuelo, el guapo, que corrió a patadas a los nazis de los teatros de París? No, no: mejor mi abuelo, que era un viejo maravilloso. Una mañana, fíjese, le tocó a la puerta a mi abuela, la Ana, allá en Bogotá, y tenía una máscara de oro puro sobre la cara, una de esas precolombinas, como si fuera el gran cacique que hubiera vuelto por su amada. Es la historia más linda del mundo, sabe usted. Pero como se ríe, esta vez no se la voy a contar, no voy a contarle nada.

Le voy a hacer un chiste:

Iban en un carro la sudaca, la negra, la china, la rusa y la otra sudaca. ¿Sabe qué llevaban en la cajuela? No me mire así que ya sabe la respuesta: llevaban el dinero de un mexicano.

EL FESTIVAL ERA EL PRIMERO DE LA NIÑA AL QUE
asistían. Por el jolgorio inicial de las clases no quisieron pararse porque Yago estaba jodido y temeroso y
sólo aceptaba emprender el camino de cada día, ida y vuelta
al trabajo. Estaba convencido que de la gente de don Indalecio Prieto y su Junta los buscarían con ayuda de la siniestra
policía mejicana y que sus entrañas terminarían por regar
la tierra de ese país, cuyo escudo nacional mismo escenifi-
caba un asesinato: el de una serpiente.

Pero nadie los buscó. Lara tenía incontables batallas a
cuestas y demasiados enemigos. Un diario consignó el hallazgo de su carcasa y no volvió a mencionarlo. La radio lo
ignoró, reconcentrada en las noticias de futbol y toros y la
emisión de boleros románticos. Sólo Del Val y su mujer, que
empacaban ya para Hollywood, los despidieron con una co-
milona, un abrazo y alguna canción cuando emprendieron
el camino a Guadalajara.

La fecha era inmejorable para pasar inadvertido: la Inde-
pendencia mejicana, que precedería a un día de asueto con
desfiles, cohetones y pavoneos.

Habían debido luchar con la cerrada negativa de la niña
a formar parte de un acto que celebraba una derrota de los

españoles y sólo con la amenaza de sacarla de clases consiguieron que participara. La profesora de Civismo sonrió como deidad azteca cuando le dijeron que la nena estaría encantada de actuar a sus órdenes. De dónde les habría salido a ellos una patriota, carajo. La vida era, decididamente, una bofetada.

Ocuparon unas sillas colocadas al fondo del patio. Imitaron a los nativos en todo lo que pudieron e incluso se cuadraron ante la bandera mejicana cuando circuló en manos de la escolta infantil. Tararearon el himno, que no sabían, con algún nervio. Pero nadie les prestaba atención.

—No entendí una puta palabra –le confesó Yago a la María cuando ocuparon de nuevo las sillas y se dispusieron a observar el festival. Ella, meditabunda, se mostró de acuerdo.

La escolta había dado paso a un grupo de niñas ataviadas como las musas y coronadas de laurel. Su hija, elegida por la buena memoria con que podía recitar la lista de los héroes patrios, las encabezaba.

Se aclaró la garganta y, en mitad del silencio de educadores, padres e hijos, comenzó a hablar. Concentrada en su perorata ni siquiera les otorgó una mirada. Con manos garbosas de bailaora recitó el texto que le había sido machacado durante una semana. Uno a uno mencionó a los próceres que habían rescatado a México de españoles, franceses y estadounidenses y, por supuesto, de los conservadores. Ni una palabra hubo en el discurso, por supuesto, para Javier Mina.

Benito Juárez fue un indito
cuya infancia transcurrió estremecida
al soplo fragante de las cañadas…

La escuela entera estalló en ovaciones cuando la arenga concluyó. La niña y su escolta de musas hicieron mil reverencias antes de retirarse. Yago y María se pusieron en pie, las miradas perdidas en los cielos insólitos de América.

Esperaron a la nena junto a la puerta y le pusieron en las manos un ramo de azucenas blancas para premiar su actuación. La profesora los alcanzó cuando estaban por marcharse. Su pequeña, les dijo, era perfecta: un ángel con rizos y voz de clarín. Le hizo un cariño en el mentón con su manaza de rinoceronte. Y agregó: sólo te pido una cosa, reinita; la próxima vez que salgas como nuestra Madre Patria, no pronuncies tanto la zeta.

París, 1944

LOS NAZIS HUYERON DEL SOL. AL AMANECER, CUANDO los últimos desalojaron sus posiciones y marcharon a toda prisa, la columna de tanques aliados cruzó la periferia y se internó en la ciudad. Se escuchaban tiroteos: la resistencia salía de las catacumbas a cazar. Cientos de colaboracionistas fueron muertos en un puñado de horas. Las que se traman en sótanos y buhardillas, bajo la espada de la tiranía, no suelen ser ideas compasivas.

En lo alto de sus vehículos artillados, junto a cañones y banderas, los milicianos, una mezcla persa de ciudadanos de la metrópoli y las colonias con cientos de voluntarios de la Legión llegados de una docena de países, agradecían los vítores de aquellos que se aventuraban a su encuentro.

Polvoriento y desharrapado, con una barba grifa que comenzaba a encanecer, León Almansa admiraba los rostros luminosos, extasiados, de los parisinos que aparecieron como golondrinas por balcones y azoteas y, pronto, por las aceras. Manos que lo tocaban y acariciaban, bocas que lo cubrían de elogios que apenas comprendía.

Una tropa entera de españoles exiliados había librado aquella guerra luego de perder la suya. La victoria, siempre elusiva, siempre ajena, les resultaba una excentricidad. Se miraban entre sí con pasmo.

La columna alcanzó la Plaza de la Concordia y una multitud la rodeó y acogió. Los cantares exaltados de toda clase de músicos callejeros eran acompañados por cientos de gargantas y quince interpretaciones de *La Marsellesa* en distintos compases y tempos se superponían y entorpecían entre sí. Alguien le puso en la mano a León una botella de un vino azucarado.

Los españoles aventuraban alguna sonrisa diminuta, encorvada, que sus bocas apenas sabían dibujar. Las muchachas se les abalanzaban y les besaban la cara y las manos o directamente se les ofrecían, tirando como niñas de las mangas de su gabán. León no era ningún bendito cruzado: se fue con una morena de ojos enormes que lo arrastró a un portal sombrío y se le entregó veloz y sigilosa, como en un rito. Lo miraba con devoción pero no quiso quedarse a su lado más tiempo del preciso. Cuando lo vio satisfecho y sereno, se recompuso las ropas y volvió a las calles en busca de otro a quien recompensar.

Cómo saber su nombre.

León, con pasos vacilantes, volvió a la plaza. Se hizo de un pan y consiguió otra botella. El rifle le pesó en el hombro: lo había olvidado casi, con los años. Se lo acomodó. Un par de periodistas excitados fotografiaban la escena y sus protagonistas como si fueran ya estatuas.

Soy un soldado, se dijo sin agrado.

Un suicida que obedece amos.

Un perro.

Peleó su guerra y la de los vecinos y sería capaz de combatir lo mismo en Berlín que en Argelia si lo convencían de hacerlo. No era capaz de imaginarse otra cosa ya. Nada distinto. Nada mejor.

Por el rifle tuvo pan y mujer; por el rifle, vino.

Bebió apoyado en el rifle.

Ramón le dijo alguna vez, en uno de sus arranques, que los hombres, desde Caín, sólo habían conseguido parecerse en algo: todos eran criminales.

Se miró las manos.

Delincuentes, sí.

Forajidos ganándose el jornal.

Esta obra se imprimió y encuadernó
en el mes de agosto de 2015,
en los talleres de Edamsa Impresiones, S.A. de C.V.,
Av. Hidalgo No. 111, Col. Fraccionamiento
San Nicolás Tolentino, Delegación Iztapalapa
México, D.F., C.P. 09850